チャールズ・ラム

エリア随筆抄

山内義雄訳

みすず書房

エリア随筆抄　目次

南海商会　1
除夜　16
ヴァレンタイン・デイ　29
私の近親　36
初めての芝居見物　48
現代の女性尊重（ギャラントリー）　57
食前感謝の祈り　67
幻の子供たち——夢物語　80
煙突掃除人の讃　88
豚のロースト談義　102
H——シャーのブレイクスムア　115
書物と読書についての断想　126
懐しのマーゲイト通いの船　138
年金生活者　153

婚礼　167
古陶器　177
あとがき　189
訳註　191
略譜　217

ラムとのつきあい　庄野潤三　219

南海商会

読者よ、あなたがドールストン[1]なり、シャックウェルなり、その他どこか北郊の、あなたの隠居所の方面へ行く馬車の座席をとるために——あなたがいつも半年分の配当金を受けとっている（かりに、あなたも私同様、痩せ腕の年金暮しということにしての話だが）——例のイングランド銀行から、フラワー・ポット[2]へと行く道すがら——スレッドニードル街とビショップスゲイトとの交差点——その左手に、陰気くさい表情の、美しい煉瓦と石との造りの建物にお目をとめられたことはないであろうか。たぶん、あなたは、いつも大きく口を開いて、いかめしい中庭をのぞかせ、廻廊あり、柱あり、出入りの人影はほとんど見られない——なにかこうバルクルーザ[3]の城壁に似た荒れはてた感じのする——あの壮麗な門に、いくたびか讃嘆の声を放ったことであろう。

ここは、かつては商館——めまぐるしい利得の中心地——であったのだ。儲けの脈搏を波うたせて——商人たちの群はここに集まっていたのだ。今もなお、どうにか商売らしいものが続けられておりはするが、魂はとっくの昔に飛び去ってしまっている。堂々たる玄関、いかめしい階段、宮殿の大広間のように広々とした事務室が、昔ながらの姿を見せてはいるが――さびれ果ててしまったというか、人影はまばら、わずかに三、四の事務員の往き来する姿があるばかり。さらに奥まった神聖な場所には、重役室や委員室があって、使丁たちや門番どものもったいぶった顔が見え――決算の日には、（空(から)配当を宣告するために）色あせた金きせ革のテーブル掛けのかかった、からになって既に久しい大きく重そうな銀のインク・スタンドののっかっている、マホガニイ製の、虫のくった長テーブルに向かって、重役連がものものしく控えるのだ――槲(かしわ)の壁板には、アン(4)女王時代の、今ではもう故人になってしまっている総裁や副総裁や、ブランズウィック王朝(5)初代の王様お二方の肖像や――その後つぎつぎの発見のために骨董品となってしまった、途方もなく大きな海図や――夢のようにおぼろな、塵にまみれたメキシコの地図や――それに、パナマ湾の水深測量地図！　までがかかっているし――長い廊下には、バケツがのんびり列をつくって壁にぶらさがっているが、この壁の材料ならば、世も終りの劫火ならばいざしらず、どんな大火事にもびくともすることはないであろう――地下一面には、穴蔵が縦横に広がり、かつてはドルやスペイン貨幣が、「日の目を見ぬ堆積(6)」をなして横たわり、それでもって財神マモンは己のよるべない心を慰めたのだが――それも、とうの昔に使いはたされてしまって、あの有名な「南海商会泡沫事件(サウス・シイ・バブル)(7)」の破産の突風で、大空に雲散霧消してしまったのである。

　南海商会というのは、こういった風なものなのだ。少なくも私がこの商会を知っていた四十年前には、こんな風なものであった――壮麗な廃墟！　その後、どんな変化があったか、たしかめる機会がないままでいる。時がこの建物に新しい生命を吹きこんだとは、もちろん考えられない。どんな風も、あの眠った水の表面をゆすぶることはあるまい。これまでには、いっそう厚い殼がその上に澱んでいるのだ。あのころ、不用になった原簿や売上帳を貪り食っていたシミどもは、掠奪から手をひいたけれど、時をへて羽がはえて身軽になった連中が、とって代ってその後継者となり、単記複記の帳付けの間あいだに、みごとな透彫をつくっている。埃の山は、古い埃の山の上に積み重なって（まさに埃の複受胎だ！）、これがかき乱されるのは、ときにアン女王の御代の記帳法を知りたがる好奇の指か、それとも、それほどの尊敬に値しない好奇心から、あのすさまじい大詐欺の秘密をいくぶんなりとあばこうとする指くらいのものだが、その規模の大きさを顧みては、当世の片々たる公金費消者ども、信じかねての讃嘆に、腕くらべの野心はさらりとすて、ちょうど近代の陰謀師が、あのヴォークス(8)の超人的な大陰謀に思案するけちくさい顔と同じ表情をするのである。

　泡沫会社の精霊よ、安らかなれ！　おごれる館よ、沈黙と窮乏とは、記念として汝が壁上に残れり！

　生き生きと躍動する商業の中心地――投機の不安と興奮とのまっただ中――に、商売から見はなされている憐れな隣人、お前をいわば蔑んで、今を盛りと咲き誇る、いかめしい顔をしたイングランド銀行や取引所やインド商会やらにとりかこまれて、お前は立っているけれども——なすこともなく、ただ思いに耽る——私のような人間には、古い館よ！　お前の静けさの中には、魅力がある——憩いが——商売を離れた涼しさが——僧院にも似た無為がある——これは心楽しいものである！　どんなにか心からなる敬意をもって、黄昏どき、がらんとしたお前の広い部屋部屋に、中庭に、私は歩を運んだことであろう！　それらのものは、昔語りをしてくれた——幻のペンを耳にはさんだ会計係の亡霊の影が、生ける日のように身をしゃちこばらせて、いつも足早に私のそばを通りすぎてゆく。この世の会計とか会計係は、私の苦手だ。私には計数の才はない。けれども、当世の堕落した事務員では三人かかっても、祭りあげてある棚から持ちあげられそうにもない、大きな幾冊かの今ではもう御用ずみの古帳面——それには、古風で異様な唐草文字や、装飾の朱線が縦横にはいっていて——総計高は、ポンド・シリング・ペンスの三段にわけ、形式的でよけいな、零の数字まで書きいれ——開巻第一頁には、私どもの信心ぶかい先祖たちが、大福帳なり積荷証券を開く前には、まずもって唱えた、かのあらたかな文句の記されている——なかには豪奢な犢皮の表紙がついているので、宗教書のなかに引きこまれるような気をおこさせるものもあり——これら古帳面を眺めていると、心は愉しみ信心ごころもおきようというものである。こうした今は生命のない竜王を見ていると、私は満足を覚える。あの重そうな、奇妙な形の、象牙の柄のついた懐中ナイフ（私どもの先祖は、私どもの好みよりは、よろず大がかりなものを持っていたのだ）は、ヘルクラネウム(9)から発掘したどの品にも見劣りのしない、みごとなものである。当今の止淋粉箱（ちりどめこ）(10)のごときは、退歩してしまっている。

南海商会で私の記憶に残っている事務員たちは——四十年の昔の話だが——その後私の関係した会社の連中とは、全く異った風貌をもっていた。この土地の精霊に染まったのだ！（会社が余分の俸給をだせなかったので）事務員は、たいてい独身者であった。一般に（たいして仕事もなかったので）、その気質は風変りで瞑想型。さきに述べた理由から古風であり、あらゆる種類の人たちの集まりなので、いずれもユーモアたっぷりであった。若いときに寄せ集められたのではなくて（それだと、共同体の構成員はたがいに同化しあう傾向をもつものであるが）、たいていは高齢か中年になってこの会社にはいってきたので、必然的に、いわば共通の親木にとでもいうか、会社の中に人さまざまの習癖や偏屈ぶりを、そのまま持ちこんだのであった。そんなわけで、この連中で一種のノアの箱船(11)をつくりあげていたのだ。変り者の集まり。俗人の僧院。実用よりは見栄で傭われている大家のご家来衆。けれども、話好きな愉快な連中で——その中には、ドイツ・フルートにすばらしく熟達していた者も二、三にとどまらなかった。

当時の現金出納係は、ウェイルズ人で、エヴァンズとかいった。その顔つきには、ウェイルズ人らしい、どこか癇性のところがあらわれていたが、真底はりっぱな物分りのよい男であった。

この男は、私の若いころ、「伊達者（マカロニイズ）」という読物の漫画で見覚えのある風に、死ぬまで髪に粉をふりかけて縮らせていた。彼はそうした洒落者といった手合の最後の人であった。自分のまわりの人間は、誰も彼も金の使いこみをする輩（やから）と考えているかのように、憂鬱症から自分までもその一人と考えるようになり、少なくも自分にはそうなる可能性があるという思いにとりつかれて、震える指で、（それが呼びならわしの）現金（キャッシュ）を整理しながら、午前中はずっと勘定台に向かって、牡猫のように浮かぬ顔をしていた姿が、今も目に見えるような気がする。その陰気な顔も、午後の二時、アンダートン・コーヒーハウス(12)（この二十五年間彼の足しげく通った店で、ここの主人の懇望で死ぬ少し前にとらせた彼の肖像は、今もこの店に懸っている）で、子牛の首の焼肉に向かうと少しは晴ればれしてくるのだが、その元気の最高潮に達するのは、日が暮れてお茶と訪問の時刻になってからである。六時を報ずる時計の音と同時におこる、聞きなれた彼の戸をこつこつと叩く響きは、この愛すべき老独身者のご入来で賑わう家庭の、いつも変らぬ悦びの話題であった。それからが、彼の舞台、彼のはなばなしい時間であった！　マフィンを食べながら、囀ること、はしゃぐこと！　羽根をのばして、とっておきの話が、いつもでてくるのだ！　とりわけ、ロンドンの今昔については、同国人（ウエイルズ）のペナント(13)の能弁をもってしても及ばぬほどで——今はなき昔の劇場や教会や通りの跡——ロザモンド池(14)のあった位置——マルベリイ御苑(15)——チープサイドの水道大貯水池——ホガース(16)が「真昼(17)」と題する絵で永遠に伝えている奇怪な人たち——ルイ十四世[18]とその竜騎兵の怒りからこの国に逃れて、ホッグ・レイン[19]やセヴン・ダイアルズのあたりの人目につかぬ裏小路に、聖教の焔を赤々と燃やしつづけた勇敢な信仰告白者たちのりっぱな子孫たち――の面白い逸話の数々を、父祖から伝え聞いたままに話すのであった！

エヴァンズの次席は、トマス・テイムという男。貴族的な風貌をし、貴族によくみる前屈みの癖があった。ウェストミンスター・ホールに通ずる廊下でこの男に出会ったとすれば、あなたは貴族かと思い違いをされることであろう。前屈みと申したのは、身体をしずかに前方に曲げていることをいうので、これは、身分高い人々にあっては、目下の者どもの願いごとを身をおとして聞いてやる、その習慣の結果と考えるべきであろう。この男に話しかけられている間は、身体をひっぱられて話を聞かされているような感じがするのだ。話が終ると、のびのびとして、いましがた身のすくむ思いのした仰々しさが、たいして意味もないことと分っておかしくなってくる。知慧は、まるっきり浅いもの。諺ひとつ格言ひとつ理解できない程度なのだ。頭脳は白紙もともとの状態で、乳呑児でもこの男を難問で苦しめることはできるであろう。してみると、その圧力の正体は何だったのだろうか。金持ちだろうって？　悲しいかな、そうではない。トマス・テイムはたいへん貧しかったのだ。夫妻ともども外見は身分ある人に見えたが、内幕はいつも不如意であったらしいのだ。細君はこぢんまりした痩せっぽちであるところからみて、彼女が過食の罪を犯していないことはあきらかであった。けれども、その血管には貴族の血が流れていたのである。私にはよくは分らないが――まして今どきになって家系による確かな筋から説明することは思いもよらないが――まがりくねった親戚関係をたどると、この婦人は、あの有名な、けれども不幸なダーウェントウォーター家[20]の後裔にあたるのである。トマスの前屈みの秘密はここにあったのだ。おだやかな幸福なご夫婦よ、これが、夜の暗闇の知性のなか、微賤の地位のなかにありながら、あなた方を勇気づけた、かの思い――かの感情――かの生活の輝かしい孤独の星――であったのだ！　あなた方には、これが、富に代るもの、身分に代るもの、輝かしい才芸に代るものであり、これら三者をよせ集めたほどの価値をもっていたのだ。それでもって、あなた方は何人を辱しめたこともない。けれども、ひたすらに防禦の鎧としてそれを身につけているかぎり、いかなる辱しめも、それを貫いてあなた方の身に及ぶことはなかったのである。輝かしくも、また慰めともなるものよ。

全く別種の人物は、当時の会計係のジョン・ティップ。彼は高貴の生まれと称するわけでもなく、またそのような事はてんで問題にもしてはいなかった。この男は、「会計係は世界で最もすぐれた人物、自分自身は世界で最もすぐれた会計係」と考えていた。けれども、ジョンにも道楽がないではなかった。フィドルがあいた時間の楽しみだった。彼の歌声は、たしかに、オルフェウス[21]の竪琴には合いそうもない別な調子。キーキーギーギーと、全くのところがまんならない声で歌ったのだ。スレドニードル街のりっぱな社宅のつづきの間には、これといって部屋に付属の金目なものはなかったが、これらの部屋は住む人に、自分を偉いと思わせるには足りるもので、(今は誰が住んでいるか知らないが)[22]、二週間目ごとには、クラブやオーケストラから選りすぐった――コーラス歌手――第一チェロと第二チェロ――コントラバス――それにクラリネットといった、昔の人ならば「すぐれた鳴物師(スイート・ブレスツ)」とでもいいそうな連中の合奏で鳴りひびき――その連中は、羊の冷肉を食い、パンチ酒を飲み、主人の耳を賞讃した。主人は、その連中にとりまかれて、ミダス王[23]然と陣どった。けれども、机に向かったとなると、ティップは全く別人であった。そんなわけで、もっぱら虚飾的な考えはすべてお払い箱。ロマンティックなことを口にしようものなら、必ずお叱言である。政治は禁物。彼の考えでは、新聞なんどは上品にすぎ抽象に失する。人間の本分の一切は配当証明書を書くことにあるのだ。会社の帳簿の年々の収支を清算するために(おそらく、昨年の収支決算とは、大枚二十五ポンド一シリング六ペンスの相違があったことであろう)、すぐる一月間というもの、夜も昼もいっぱいであった。ティップは、彼の愛する商会の、(ロンドンの商業地域(シティー)の言葉をかりていえば)「事業(シングズ)」の不振が目に見えぬわけでもなく、また南海商会の前途が洋々としていた、昔の羽振りのよかった時代の再来を望む溜息をもらさぬわけでもなかったが――(事実彼は今昔をとわず、いかなる花形会社の、どんなこみいった計算もやってのける腕はもっていた)――さりながら、純粋の会計方にあっては、利益の額の多少などは問題ではないのである。一銭二銭のはした金が、桁の違う千金万金と同様に大切なのだ。ふられた役が殿様であろうと百姓であろうと、同じように熱をいれて演らずにはおれない真の役者なのである。ティップにあっては、形式が一切であった。その生活は形式にはまっていた。その行動は物差しで計ったようであった。帳つけの筆の正確さは、彼の正直さも及ばぬくらい。遺産管理人としては世界一、したがってたえず遺産管理の件で悩まされ、そのために、ときには癇癪玉を破裂させたり、ときには虚栄心を満足させたり、そんなことが相半ばしていた。彼は、子供たちの利益を彼の保護にゆだねて死んでゆく人の手の握りのように、しっかとその権利を守ってやるつもりでいる孤児たちを、よくどなりつけたものである（彼は実際どなりつけたのだ）。それでいて、彼には一種臆病の風――（数多くもない彼の敵は、そのことに、もっとひどい名をつけていたものである）――死者に敬意を表して、少し勇気にかけているといったところでお許しを願うことにしよう。たしかに、天はジョン・ティップに、十分の自己保身の主義を授け給うていた。その要素の中に、卑劣さとか陰険さが全然含まれていないために、軽蔑することのできない臆病というものがある。この種の臆病は、自らを裏切りはするが、他を裏切ることはない。単なる気質である。ロマンティックな、冒険的なところに欠けているのである。ゆく手に獅子[24]の姿を妄想して、それで、自己の名誉にかかわりそうに思われる場合にも、フォーティンブラス[25]のように、「藁一本にも喧嘩の種を見つける[26]」ようなことはしないのだ。ティップは、生涯、乗合馬車の御者台に乗ったことがない。バルコニイの欄干に倚りかかったこともない。壁の背を歩いたことも、断崖を覗きこんだことも、鉄砲をぶっ放したことも、船遊びに出かけたこともなく、でき得れば人にも行かせたくないのである。かといって、利益のため、また臆病のため、友人なり主義なりを売ったという話も聞いてはいない。

平凡な性質も異常なものとなる、かの塵の世の故人の世界から、今度は誰を呼びだしてきたものであろう。忘れられないのは、南海商会の才人で、風雅な文人、著述家でもあるヘンリイ・マンである。朝、会社にはいるときも、正午に会社を去るときにも（会社に貴下のするような仕事があったのだろうか）、必ずきまって、ちくりと後に痛みを残す警句だ！　貴下の罵言も洒落も、今はあとかたもない。いえ、人の記憶にも残っていない二巻の書物に[27]、僅かにその余命を保っているにすぎないのだ。幸運にも、私は三日とたたない前、この書物をバービカン横町の露店から救いだしたが、昔ながらに簡明で、新鮮で、皮肉たっぷりであった。貴下の才気も、この気むずかしい時代には少々時代おくれで――貴下の話題も、当世の「生まれたての金ぴか物」[28]に較べては陳腐である――けれども、「パブリック・レジャー」紙[29]や「クロニクル」紙にのった、チャタム論[30]、シェルバーン論[31]、ロッキンガム論[32]、ホー論[33]、バーゴイン論[34]、クリントン論、反抗的な植民地を結局大英帝国から切り離すに終った戦争の論[35]――ケペル[36]、ウィルクス[37]、ソーブリッジ、ブル、ダニング[38]、プラット[39]、リチモンド[40]――その他、その類の群小政治家を論じては、貴下はつねにすぐれたものであったのだ。

洒落ッ気では少々及ばないが、遥かに賑やかなのは、話し上手で騒々しいプラマーであった。この男は、ハーフォードシャーのプラマー家の(41)——読者よ、直系ではないのだ(というのは、そのご自慢の家系も、ご自慢の人相同様、少々好ましからぬ側に傾いているのだ)(42)——子孫であった。言い伝えに、そうなっているのだ。それに、その一族の特徴が、少なからずその説を裏書きしていた。(この男の父と噂されている)(43)老ウォールター・プラマーは、たしかに、血気盛りには放蕩者で、たびたびイタリアを訪れ、世の中の甘い辛いも知っていた。州を代表して、ひきつづき幾度も議会に席をおき、ウェアの近くに立派な古い邸をもっている、いまなお存命のりっぱな老ホイッグ党員(44)には伯父にあたり、独身であった。ウォールターは、ジョージ二世の時代には華やかで、郵便無料送達権の事件(45)で、マールボロー公爵老夫人と共に下院に召喚されたその人なのである。ジョンソンの『ケイヴ伝』を読めば、事情が分る。この事件で、ケイヴは巧みに身をかわしている。プラマーが、なんらこの噂をうち消そうとしなかったことは確かだ。むしろ、やわらかにその噂を仄めかされた時はいつでも、彼は嬉しそうであった。けれども、ご自慢の家系は別にして、プラマーは愛嬌者で、歌がなかなか上手であった——

そのプラマーにもましてよい声で歌ったのが、おだやかで、子供らしくて、素朴なM——(46)であった。エイミエンズが追放された公爵のために歌った、冬の風も忘恩の輩(やから)よりは情深しと述べている、あの歌を、貴下がアーデンの森にもふさわしい調子で歌うとき(47)、貴下のアルカディア(48)風の韻律の神々しい響きには、横笛の静かな音さえも及びがたかったのである。貴下のお父さんは、あの人づきあいの悪い、ビショップスゲイトの檀家総代、気むずかし屋のM――老人であった。彼は、荒涼たる冬のやさしい子ともいうべき、春のような貴下を生んだとき、それとは気がつかなかった――ただ貴下の最後は不運であった。当然、静かで、和やかで、白鳥(49)の最期のようであるべきであったであろうに――

歌いたいことは、まだたくさん残っている。いろいろの風変りな姿があらわれてくる。けれども、それらは、こっそり私のものにしておかねばならない――読者（あなた）がたんのうされるまでに、私はもう既に読者（あなた）を手玉にとってきた――でないとしたら、どうして省くことができよう、訴訟問題を起こすことが道楽で生きていて、他人の証文を買いとった、あの変り者のウーレットを――また、この男の重々しさから、ニュートンが重力の法則を考えついたとも思われる、いっそうの変り者、珍無類の、おごそかなヘップワースを。ふかぶかとペン先をさしこみ――なんと慎重に封緘紙を濡らすのが、彼の慣わしであったことであろう！

けれども、もう切りあげ刻（どき）である――夜の車が、足早に私の頭上を転がってゆく――この大真面目な茶番も、きりあげるのが至当であろう。

読者よ、私が今までずっと、貴下をからかっていたとしたなら何となさる――貴下の前に呼びよせた名前からしてが、おそらくは――ヘンリイ・ピンパネルやギリシアのジョン・ナップス老(50)

と同様——架空のもので——実体のないもの——なのです。なにか彼らに相当するものが存在していた、ということで満足していただきたい。彼らの重要性は、過去の人物ということなのである。

（一八二〇年八月「ロンドン・マガジィーン」所載）

〔解説〕

家庭があまり裕福でなかったために、それにひどい吃音のため聖職にはつきがたいというような理由もあって、チャールズ・ラムは一七八九年十一月クライスト学院を卒業すると間もなく、あこがれの大学進学の希望をすてて、兄ジョンの勤めていた南海商会にはいった。そして、その後、一七九二年の四月に東インド会社に移るまでのおよそ二年間——その間の同僚たちの思い出を中心に（おそらく、その後ずっと長くこの会社に在社した兄ジョンから得た材料も少なくないことではあろうが）ところどころ虚構の糸も織りまぜて、美しく織りだしたのがこの一篇である。

南海商会は、一七一〇年、まるで孔雀がぱっと羽をひろげたような華やかさで、ロンドンの実業界に忽然と姿をあらわしたが、それも束の間の夢、一七二〇年には早くも恐慌の嵐に吹きまくられて没落し、その後は国庫からの補助でわずかに余命を保っているという、尾羽うち枯らした鳥同然の姿となって、ロンドンの繁華街の真っただ中にその残骸をさらしていたのである。

ラムが在社したのは、南海商会が、壮麗な廃墟――巨大な空洞――と化した後の時代であったことは勿論である。

『エリア随筆集』の巻頭を飾るこの一篇が、「南海商会の思い出」として、創刊後まだ日の浅い「ロンドン・マガジィーン」の八月号に掲載されたのは、一八二〇年――ラム四十五歳のときのことであった。

そのとき――そしてまた、その後ひきつづき――用いられたエリアなるペン・ネイムは、この随筆の主題となっている南海商会の――これもまた同僚の一人である――イタリア人の名をかりたものである。

除夜

すべて人間には二度の誕生日がある。少なくも毎年二日、そして、それは人間の寿命に関係をもっているので、その日には月日の流れを思い起こさずにはいられない。その一つは、特に自分の誕生日と称しているものである。古来の年中行事のしだいに廃(すた)れるにつけ、自分一個の誕生日を祝う習慣はほとんど姿を消してしまって、そんな事には全然なんの考えもなく、また、お菓子やオレンジがもらえるというほか、その意味の全く分らない子供たちに残っているばかりである。けれども、新しい年の誕生となると、広く一般に関係があるので、王様にしても靴直しにしてもいい加減にはすまされない。一月一日を無関心で眺めた人の例はないのである。元日は、一切の人が、その日を中心にして時日を定め、残りの日を勘定する日である。この日は、私どもすべての人類の誕生日なのだ。

およそ鐘の音のなかで(天国のすぐ隣りの音楽であるあの鐘の)——旧年を送ってつきならす鐘

の響きこそ、こよなく厳かにあわれ深いものである。その鐘の音をきくと、心はおのずとひきしまって、過去十二カ月の上にまきちらされた一切の映像を――自分のしたこと、されたこと、実行したこと、せずにしまったことの一切を――その名残惜しまれる時のなかに集中せずにはおられないのである。人が死ぬときのように、いま更にして逝く年の価値が分りはじめるのだ。人間的な色彩を帯びてくるのだ。

われ去りゆく年の裳(もすそ)を見たり(1)

と現代の詩人が詠じたのは、彼の詩的空想ではなかったのである。これは、あの厳かな別れに際して、しんみりとした悲しみの心で人みなの感ずるかに思われる気持にほかならないのである。昨夜、私はたしかにその気持を味わったし、私ともども、すべての人も、その気持を味わったのだ。仲間のなかには、逝く年を涙っぽく惜しみ悲しむよりは、来る年の誕生に歓喜をあらわすことの好きな者もありはする。けれども、私は、断じて、

新しき客を歓び迎え、去りゆく客を追いたてる(2)

輩(やから)ではない。生来、私はまだ見ぬさきから、新奇なものには――新しい書物にしても、新しい顔にしても、新しい年にしても――臆病なのである。私の気質のなかに、将来に向かいがたくする

ような、心のひねくれがあるためなのだ。私はもう、将来に期待をかける心を捨てている。ひたすらに、過ぎこし方（往きし昔）の回想に血を燃やしているのだ。過去の幻想や結末のなかに身を投ずる。過去の失意にむやみと顔をさしむける。私は昔の落胆には不死身である。そのかみの仇敵は許し、いえ、頭の中では打ち勝っているのだ。ありし日、手痛い犠牲をはらった手なぐさみを、博徒たちの言葉をかりていえば、好きなればこそ欲得を離れて、くり返し弄んでいるのだ。今では、私の生涯の不運な事件や出来事のどれ一つとして、逆にしたいとは思わない。うまく筋の運んでいる小説の事件同様、それを変えたくないのである。アリス・W――n[3]の美しい髪の毛に、それにもまして、その人の美しい明眸に身を焦がして、黄金にもたとうべき青春時代の七年をよしなく過ごしたことも、あの燃ゆる思いの恋愛沙汰が消えてなくなるよりはまだしもと考える。ドレル老人[4]にまんまと欺しとられて、私ども一家が例の遺産をなくしたことも、今ここに二、〇〇〇ポンドの銀行預金をもっていて、あの口上手な老悪漢の思い出が消えるよりはまだしもである。

　男らしからぬほどまでにありし日を顧みることは、私の病気なのだ。四十年の月日の橋をとびこえるならば、我と我が身の昔話に耽ることもお許し願えて、自愛の譏り（そし）を受けないですむかもしれないと申したならば、詭弁を弄することになるであろうか。

　私に自分というものがある程度わかっているとするならば、内省的な心の持主――私はひどくそうなのだが——は誰にしても、自分の現在の姿に嫌悪を感ずるものではあるが、それも、私が成人エリアに感じているほどではあるまいと思う。たしかに彼は軽卒で、見栄坊で、移り気で、名うての＊＊＊で、＊＊＊の悪癖があり、忠告ぎらいで、受けもせねば与えることもなく——その上＊＊＊。どもりの道化者で、その他なになりとお好きなことを。どしどし鞭（むち）うっていただきたい、ご遠慮はご無用。なんなりと、あなたがあの男のせいにしたいと思（おぼ）しめす以上のことをも私は認める——けれども、幼児エリア——背後にあるあの「別個の私」に対しては——あの坊やの思い出を慈しむことはお許し願わなければならない——どこか別の家の子供で、私の両親から生まれた子供ではないかのように、当年四十五歳のこの愚かな換え玉とはほとんどなんのかかわりもなく、と申したいのである。五歳のときのしつっこい天然痘と、ひどく苦（にが）い薬を思うと涙がこぼれる。クライスト学院[5]で、病める枕に熱のある頭をのっけていたこと、ふと目をさまして、人しれずこっそりとその眠りを見守っていてくれたやさしい母の慈愛の姿を見て驚いたことが、ありありと目に浮かぶ。たしかに、あの頃はいささかの偽りにも身を慄（おのの）かせたものであった。——ところで、まあ、エリアよ、お前はなんという変り方であろう！　世間ずれがしてしまって。——たしかに、幼い日のお前は正直で、(弱虫のくせに) あれでなかなか勇気もあった——信心ぶかくて、想像力に富み、希望にみち満ちていた！　私の記憶に残っている幼児が、まこと我が身の姿ならば——世なれぬ歩みに規範を示し、道徳的生存の基調を整えんがために、かりの姿を現わした変装の守護神でなかったとしたならば——私は、なんと恐ろしい堕落をしたものであろう。

同情を受ける期待ももてないまでに、こうした思い出に耽りたがるということは、なにか病的な性癖の兆候かもしれない。それとも、別の原因——単に妻も子供もないので、己を捨て他を思うことを知らず、また、ふざけて遊ぶ我が子もないゆえ、昔に思いを馳せて、幼き日の己が姿を己が後裔とも愛児とも考えるためであろうか。こんな臆測も貴下にはよしなしごとと思われるならば——読者よ（恐らくは多忙な方であろう）、貴下の同情も得られず、ただ変に一人よがりをしているにすぎないものならば、嘲笑の刃に身を貫かれぬさきに、私はエリアなる幻の雲影にひきさがろう。

私の育てられた家の目上の人たちは、すべて古来の慣例（ならわし）の神聖な儀式は捨てきれないような性格の人たちであった。それで、鐘を鳴らして旧年を送るにも、昔ながらに特別な儀式が行われた。——当時、真夜中の鐘の音は、私の周囲のすべての人たちに歓びをわきあがらせるらしかったが、きまって私の頭のなかにはうら悲しい思いを次から次へと浮かばせるのであった。けれども、その頃には、その鐘の音がどんな意味をもつものかはほとんど考えるでもなく、また、それが私に関係のある勘定とは思いもしなかった。ただ子供時代ばかりでなく、三十歳前の若い人は、人間には定命があると決して実感するものではないのである。なるほど、そのことを知ってはいる。

そして、必要とあらば、人生の儚(はかな)さについて説教することもできるであろう。けれども、ちょうど暑い六月に、師走の厳寒の日を思い浮かべることができないのと同様、その事実を身をもって感じているわけではない。ところで、今ありていに申すならば――私はこの総決算を、悲しいまでにひしひしと感じているのだ。守銭奴たちの小銭のように、残りの命を数えて、たまゆらの時の費(つい)えも惜しみはじめている。歳月の残り少なく、足並みの早まるにつれて、その歳月がひとしお大切に思われ、めぐる月日の大きな車輪の輻(や)の上に、甲斐ない指をおきたくもなるのだ。私は、「織り子の梭(ひ)のように」(6)過ぎてゆくことに満足できない。この比喩は、私を慰めもしなければ、定命の苦盃を甘くすることもない。私は、流るるが如くに、人間の生命を永遠の地に運び去る潮にのせられたくはない。不可避の運命の流れから身をかわしたいと思う。私はこの緑の大地を愛している。町や田舎の表情を。えもいわれぬ田園の静けさと、街路の快い落ちつきを。私はこの大地に永遠の住家をうちたてたい。今たどりついた年齢にじっと止まることができれば、私は満足である。私も友人たちも、今より若く、今より富裕(ゆたか)に、今より美しくなる必要はない。私は、よる年波のために、この世から引き離されたくはないのだ。また、世間でいう、熟れた果物のように、墓場のなかに落ちたくはないのである。――食物にしても、住居にしても、この大地の上にいささかの変動でもあれば、私は困惑し狼狽する。私の家の神々は、おそろしくしっかりと定まった足を植えこんでいる。根こそぎに抜こうとすれば、血を見なければなるまい。この神々は、ラヴィニア[7]の浜辺を探し求めて、移り住む気はないのである。物ごとの新しい状態は、私には苦(にが)手(て)なのだ。

太陽、空、微風、独り歩き、夏の休暇、野の緑、肉や魚の美味、人の集まり、愉しい酒盃、燭(ともしび)の光、炉辺の閑談、無邪気な自慢、冗談、それに皮肉——こうしたものは、生命と共に消え去ってしまうのであろうか。

あの世で幽霊と冗談を言いあうとき、幽霊は、笑ったり、その痩せた横腹をゆすぶったりすることができるのであろうか。

おい、真夜中の私の寵児たる二折り判本(フォリオ)よ！（両腕にあまる）お前を胸に抱きしめる烈しい喜びともお別れせねばならぬのだろうか。かりに知識というものを授かるにしても、直覚という面白くもない実験によってであって、もはやこの親しみぶかい読書という方法によってではないのではあるまいか。

この世で私を友交におもむかせてくれる、あのにこにこ顔の表示——見覚えのある顔——「やさしい証拠のあの顔つき」[8]なしで、あの世では友との交りを結ぶのであろうか。

冬には、死に対するたえがたい嫌悪の情が——せいぜいおだやかな名前を与えるとして——特にいっそう私につきまとい、私を悩ませる。快い八月の真昼、汗のしたたるような大空の下にあっては、死はほとんど疑わしい存在となる。かかるときには、私のごときあわれな蛇どもも、不滅の生命感を享受する。そのときには、私どもは広がりはびこる。そのときには、私どもは、二倍も強く、二倍も元気よく、二倍も賢く、背も遥かに高くなる。膚を咬み、身をちぢこまらせる寒風は、私に死を考えさせる。無形のものに連関する一切のものが、死というあの感情の主の下僕となる。寒さ、無感覚、夢、困惑、影のような幽霊のような形相をした月光——太陽の冷えきった幽霊か、それとも、「雅歌[9]」のなかに非難されている石女（うまずめ）にも似た、フォイボス[10]の病弱の妹か——私は断じてその寵児ではない——私はペルシア人[11]の側に立って、日の神を礼讃する。

私の邪魔をし、私の行く手を阻むものは、なにごとによらず、私の心に死を呼びおこす。一切の局部的な災いは、毒液のように、あの大きな腫物のなかに流れこんでゆくのだ。——私は、ある人たちが生に執着のないことを公言しているのを聞いたことがある。そのような連中は、生存の終末を避難の港として喜び迎える。そして、墓場を、枕の上の如くに、安らかにまどろみ得る柔かな腕かのようにいう。女に言い寄るように死を求めた人もある——けれども、馬鹿野郎、おい、あのここな忌（いま）わしい醜怪な亡霊め！　私は、忌み、嫌い、呪い、（托鉢僧ジョン[12]の言葉を唱えて）お前を十二万の悪魔にひきわたし、あまねく世に害をなす毒蛇と同じく、いかなる場合にも、容れず、赦さず、近よせず、焼印をいれて、罪におとし、罵るのだ！　痩せこけた、陰気な**否定**というか、更に恐ろしい人騒がせな**積極**ともいうべき汝よ、私は、どうあっても、お前には我慢ならないのだ！

お前の恐怖よけに処方せられた解毒剤なるものも、お前と同様、全く冷やかで、人をくったものである。というのは、「死しては王侯と枕並べん[13]」といってみたところで、生前かかる輩(やから)との共寝の交りをたいして望みもしなかった人間に、なんの満足が得られよう――また、全くのところ、「花もはじろう美しき人もかくならん[14]」といってみたところで？　私を慰めるために、アリス・W――nが、お化けにならなければならないという法はあるまい。とりわけ、たいていの墓石に刻みこまれた文句の、無礼な不穏当ななれなれしさに、私は嫌悪の情を抱く。死人といえば、例外なしに、「我が今日ある如く、近き日に、貴下もかくあるべし」という、嫌な定り文句で、私に説教する。夜よ、恐らくは、貴下の考えるほどに、そう近い日ではないだろうよ。とにかく、私は生きている。動き廻っている。貴下の二十人分の値打ちがあるんだ。貴下よりもすぐれた、生ける者のあることを知ってもらいたい！　貴下には、もう新年はない。一八二一年を迎える愉しい候補者として、私は生き残っているのだ。さあ、もう一杯――そして、いましがた、悲しげに去りゆく一八二〇年の葬送の曲を奏した、あの変節漢の鐘が、うってかわった調子で賑やかに、後継者一八二一年を迎えている間に、陽気な元気者のコットン氏[15]が、同じような機会に作った歌を、あの鐘の音の響きにあわせることにするとしよう。

新しき年

聞け、鶏は鳴きて、彼方なる輝ける星、
日の神のほど遠からぬを告ぐ。
見よ、彼、夜の帳（とばり）破りて、
西方の山々を金色に彩るを。
老ヤヌス[16]も、共にあらわれ、
来らん年を覗きうかがい、
かのあたり望みうすしと
言わんばかりの面差しなり。
かくて我ら起き出でて凶相を見、
わが身の不利を予言す。
あらかじめ知る恐怖は、
ふりかかる最悪の災禍よりも、
心を悩ます苦汁に溢れ、
身をさいなむ災禍を招くものなるに。
さわれ、待て！　さわれ、待て！　我が眼、
明るみゆく光によく見れば、

今し眉ひそめたりと思われし
彼の額に清明（さやけさ）を認めし心持す。
かなた向く顔は嫌悪を示し、
過ぎにし禍に渋面を作りもやせん。
されど、こなた見る顔は晴れやかにして、
新生の年の上に微笑む。
さらに又、彼は天上の高きより眺むるなれば、
その年は彼の眼下にひろがり
刹那刻々のことごとくが
この正確な発見者[17]の眼には瞭然たり。
いよいよ益々彼は微笑する
年の楽しき廻転の上に。
かかる時、なぜに疑い怖るるや？
かく元日の朝は微笑み明け、
生（あ）れし刹那に福を告ぐる
この一年の影響力を。

いまわしや！　去年は厄年なりし、
これ、今年のよき証拠。
いや、最悪の場合も、去年同様、
今年も茨の道を開き進まん。
さすれば、次ぐ年は理の当然
最善最良の年であるべきはず。
（日ごと見る）最悪の禍も
身につく最上の好運と同じく
永続性をもたぬものなれば。
しかも、好運が伴う好運を保持する力は、
禍が伴う禍を保持する力よりも、
いっそう長く久しきなり。
三年に一度好運の年をもちて、
なお運命を喞つ者は、
神の恩寵を知らざる者、
もてる幸福に値せず。

さらば、新来の賓客を喜び迎えん、
満々と美酒の杯をあげて。
歓楽のあるところ、福神はつねに訪れ、
災厄の悪鬼さえも面(おもて)やわらげん。
よしや好運の女神背を向け給うとも、
我らただ酒杯を重ね、
来らん年に女神の顔を向けかえ給う日まで、堪えにたえなん。

読者よ、ご感想はいかん――この詩には、古代のイギリス気質の、素朴な寛容の風味があるではないか。興奮剤のように、勇気づけてくれるではないか。五体にとけこむとき、心は広くなり、新鮮な血潮と寛大の気が生ずるではないか。今しがた口にして、もったいぶってみせた、あのめそめそした死の恐怖は、どこへ行ってしまったのか？――澄みきった詩の浄光の中に吸いこまれ――こうした憂鬱病には唯一の湯治場である、正真正銘のヘリコーン(18)の泉の波にきれいに洗い去られて――一片の雲のごとくに流れ去ってしまったのだ。――ところで、さあ、こってりコクのあるところをもう一杯！　そして、新年お目出とう、皆様がた、どなた様にも、お目出とう！
お目出とう！

（一八二一年一月「ロンドン・マガジィーン」所載）

ヴァレンタイン・デイ

お目出とう、また貴下の祭日がめぐってきましたぞ、ヴァレンタイン老僧正！　お寺の暦の中でも、貴下のお名前は特筆大書してありますぞ、尊敬すべき結婚の聖様(ひじり)！　永劫の恋の使者殿！　貴下は、どういうお方で、どのような御仁なのです？　貴下は、あわれな人間どもが結合して完全な一体となるようにしむける原則を表象する、単なる名称にすぎないのでしょうか？　それとも、肩衣(かたぎぬ)や法衣をまとい、前掛けをかけ、高貴なうすものの袖をつけた、まこと人間の僧侶なのでしょうか？　貴下は不可解きわまるお方だ！　暦の中には、たしかに、貴下のように冠をつけた師父は他にはない。ヒエロニムス(1)でもなく、アンブロシウスでもなく、キュリロスでもない。また、まだ洗礼をうけていない幼児を永遠の責苦に陥れて、どの母親からも憎まれているアウグスティヌス(2)でもなければ、どの母親をも憎むオリゲネス(3)でもなく、ブル僧正でも、パーカー大僧正でも、ホイットギフト(4)でもない。貴下は数千数万の小さな恋の神を供に連れてあらわれる。す

ると、大気は、

触れあう翼の鋭(と)き声に掠められ(5)

るのである。歌うキューピッドたちは、貴下の聖歌隊であり、首唱者である。そして、笏杖のかわりに、神秘の矢が貴下の前に運ばれる。

語をかえて言えば、今日こそは、恋の使者(ヴァレンタイン)と呼ばれる、あの嬉しい小さな音信が、通りや町角をあまねく行き交う日である。疲れはてくたびれきった市内の郵便配達人は、わがものならぬ、いみじき恋の重荷の下敷きとなるのである。この一日かぎりのはかない愛の囁きが、どれほどまでに広く、この愛すべき町に行われて、その結果、玄関子の懐(ふところ)がおそろしくふくらみ、ノッカーや呼鈴の針金がいたむかは、ちょっと信じられぬほどである。これらかりそめの愛の表現には、ハート――私どもの一切の希望や不安を示す、あの小さな三角形――つきさされて血の流れている、あの心臓――こそは、最もありきたりの象徴(しるし)である。これは、オペラ・ハット(6)以上に枉(ま)げられたり、いためつけられたりして、譬喩や虚飾に用いられている。キューピッドの神の本陣たり首都たるところを、よりによって人体のこの場所においたのは、歴史の上で、また神話の上で、どんな根拠があるのかは明らかでない。けれど、そういうことになっていて、また、それでけっこう間に合っているのである。でなければ、病理学の上ではどこでも差し支えないのだから、一切のものに及ぶような、なにか別の制度(とりきめ)にもとづいて、恋人がその情人に、いと無造作な気持で、「あなた、私の肝臓も財産も、すっかりあなたのものですわ」と言ったり、「いとしの君よ、あなたは私に与えてくださる横隔膜をおもちでしょうか？」と、いみじき質問を発したりすることが容易に想像されるであろう。けれども、習慣の上でこれらのことは決定していて、情感の座席は上に述べた三角形に与えられ、幸運に恵まれることの少ない隣人たちは、動物的かつ解剖学的な遥かの下座に侍するのである。

都鄙をとわず、一切の音を含め、人生の数ある音の中で、戸をたたく音ほど興ふかいものはない。その音は「希望の坐せる王座に反響を与える」(7)。けれども、その結果が、心の中のこの託宣に応えてくれることは稀である。待ちこがれる、そのご当人が姿をあらわすということは、ごく稀なのだ。けれども、あらゆる騒々しい訪問の中で、最も期待して待たれるのは、恋の使者(ヴァレンタイン)を案内する、または案内するらしい音である。ダンカン王の運命の入城を告げる鴉の声(8)が嗄れていたように、この日の郵便配達人の戸をたたく音は、軽やかに、うきうきと、たのもしく、よき知らせをもたらすにふさわしいものである。他の日ほどには機械的でなく、「きっと、あれは郵便ではないよ」と、貴下たちは言うであろう。愛の、キューピッドの、結婚の神の、幻影！——「これまでもそうであり、これからもそうであれ」という、楽しい相も変らぬ紋切型の言葉。この言葉は、人間の想像と愛情の中にゆるぎない王座を占めているので、学童の筆も学者の筆も、これを抹消することはできない。――娘さんが気もうきうきと、愛のしるしの封印を破らないように、注意に注意を重ねた指先で開いてみると、意匠の巧みな譬喩とか、表象とか、若人の空想とか、それに、必ずそえてある語呂のよい文句――

恋人はみな
恋の歌（マドリガル）

とか、その類の趣向のもので、意味のあまり複雑でないもの――若い恋人は、そのようなものを嫌う――それでいて、あまりばかばかしくない――風と波との間といったもの、アルカディアではそうであった、いえ、そうであったろうと思われるように、羊までが羊飼いと仲間になって歌いだしそうな合唱の文句――があらわれる、そのときの人それぞれの喜びはいかばかりであろう。恋の使者（ヴァレンタイン）の趣向は、すべてばかばかしいものとはかぎらない。私の親切な友人（そう呼ぶことを許してもらえるならば）E・Bよ、君のものは容易に忘れられないであろう――E・Bは若い娘さんの向かい側に住んでいたが、C――e通りの自分の居間の窓から、相手にはさとられないで、しばしば娘さんを眺めていた。彼女は全く快活で無邪気で、ちょうど恋の使者（ヴァレンタイン）を貰うことがうれしい年ごろであったが、さりとて貰えなかった失望も機嫌よくがまんできるような気質の娘さんであった。E・Bは並々ならぬ腕前をもった画家であって、美しい意匠を案出する技倆にかけては並ぶ者がなかった。彼の名前は、専門の職業の方面の、みごとな出来栄えの多くの装飾画の下に記されているので知られてはいたが、それ以上にはでなかった。というのは、E・Bは控え目であって、世間というものは進んで人を迎えようとするものではないからである。E・Bは、この若い娘さんが、気づかないで自分につくしてくれた度々の好意に対して、どうお礼をしたものかと考えた。というのは、親切な顔を見せてくれた場合には、たとえそれが通りすがりであって、その顔は二度と我々を見ることなく、また我々の方でもその顔を二度と見ることがないにしても、我々はそのことを当然恩義と感ずべきである、とE・Bはそう感じたのであった。この親切な画家は、娘さんを喜ばせるための仕事にとりかかった。それは、ちょうど三年前のヴァレンタイン・デイのすぐ前のことであった。彼は、人しれず、人に気どられることなく、すばらしい作品をつくりあげた。言う必要もないであろうが、それは縁どりのしてある、みごとな金箔の紙の上に――ありきたりの心臓や血の通わない譬喩ではなく、オウィディウス(10)やオウィディウス以前の詩人たち（E・Bは学者なのだ）からとった、ありとあらゆる可憐きわまる恋物語で埋めつくしたのであった。ピラモスとティスベー(11)があり、たしかにディド(12)も、それにへーローとレアンドロス(13)も忘れられず、ケイスターの河(14)に歌っていたよりも多くの白鳥があり、それぞれ格言や奇想をこらした飾り模様がそえてあって――一言にしていえば、魔法の作品――といったものであった。虹の女神イリスは、その糸を七色に染めなしていた。これを、ヴァレンタイン・デイの前夜、彼は、差別なく一切のものを呑みこむ普通の郵便箱の投函口に託したのであった――（ああ、なんと考えのない委託であろう！）――。けれども、賤しい仲介物はその務めを果し、その翌朝、彼は看視の場所に立って、快活な使者が戸をたたき、やがて貴重な委託物が配達されるのを見とどけたのであった。相手にさとられることなく見ていると、少女は気もうきうきと、恋の使者（ヴァレンタイン）の包を開き、おどりまわり、美しい愛の象徴（しるし）の絵がつぎからつぎへとあらわれるにしたがって、両手をうって喜んだ。少女は踊りまわったが、それは浮いた恋のためでもなければ、愚かな期待のためでもなかった。少女に恋人はなかったのだから。いえ、かりにあったとしても、自分を喜ばせてくれる、こんなきれいな絵姿を作りだせるような人はなかったのだから。それは、なにか妖精の贈物といった方がふさわしかった。私どもの、いと信心ぶかい先祖たちが、贈り主のわからない贈り物を受けとった場合に名づけていたように、天の授け物であった。それが少女に害を及ぼすことはないであろう。それは、その後いつまでも少女に幸するであろう。見知らぬものを愛するのはよいことである。私がこのことを記したのは、Ｅ・Ｂと彼の目にたたない陰徳の施しかたの一例としてである。

　ヴァレンタインに幸あれかし、とあわれオフィーリアは歌っている[15]。そして、同じ願いを、けれどオフィーリアの未来に似ることなきようにと、賢明にすぎて古い伝えを軽蔑することなく、ヴァレンタイン老僧正とその寺門の真の教えである恋の道の賤しい門徒たる位置に満足している、あらゆる恋人たちに対して祈るのである。

（一八二一年二月「ザ・インディケイター」所載）

〔解説〕

万事古めかしいことの好きなラムが、由緒ふかい年中行事を、彼のエッセイの題材として見逃そうはずがない。かくて、拾いあげられたのがこの一篇である。

紀元二七〇年ころローマで殉教したヴァレンタイン僧正の名に因んで、毎年二月十四日に行われるこの愛の祭日は、ローマのルーパーカス祭をキリスト教の行事のうちにとりいれたもののようである。ルーパーカス祭は、パン神を祭るもので、二月の中旬に行われ、神官は牛衣をつけて、道ゆく女を革紐でうち、うたれた女は多産安産するというのである。これに似た行事は、我が国にも残っている。なお、二月十四日という日が選ばれたのは、鳥はこの日に交尾をはじめるからだということである。

私の近親

両親のうちのどちらかが生きておれば、珍しいこととして、それを天の恵みと考えてもよい年輩に、私は達している。私はその幸福をもっていない。――そして、ときおりは、ブラウンの『キリスト教的道徳』の中の一節をしみじみと思いだすのであるが、そこのところで、彼は、この世の中に六十歳も七十歳も生きていた人の話をしている。「これくらい期間がたって」と、彼はいう、「自分の父親を覚えている人もなく、若いころの友人たちもほとんどいないくらいにまで生き永らえると、人間というものは、忘れられるということがひどく気にかかり、日ならずして忘却がどんな顔をして自分を眺めるかを、まざまざと悟るであろう」。

私には、なつかしい親切な伯母があった。伯母は世間に背をむけて、独り者の気楽さを通したのであった。この世の中で可愛いのはお前だけだと、よく言っていた。そして、私がこの世を去ろうとしていると考えたときには、母親にも似た涙を流して、私の上に身をふせて悲しんだ。これほどまでに全く排他的な偏愛は、私の理性が全面的には認めることを許さない。伯母は朝から晩までありがたい書物や祈禱の文章に読み耽っていた。伯母の愛読書は、スタンホープ訳のトマス・ア・ケンピスや(1)、朝晩の祈りがきちんと記されている――当時は私はまだ年少で、その文句を理解することができなかった――ローマ旧教の祈禱本であった。それらの書物には、旧教的な傾向があるというので、日ごと戒められたが、伯母はかまわず読んだ。そして、安息日には、信心ぶかい新教徒のように、かかさず教会に行った。伯母の勉強した書物はこれだけであった。伯母の話からすると、ある年ごろには『不運な青年貴族の冒険』を読んで、大いに満足していたこともあったらしいのであるが。ある日、エセックス街の礼拝堂の戸が開いているのを見て――あのユニテリアン(2)という異教がまだ幼年期のことである――伯母は中にはいり、その説教と礼拝の仕方が気にいったので、その後しばらくはときおり足を運んでいた。伯母が出かけたのは、教義のためではなく、けっしてそれを求める気持はなかった。さきにちょっと触れておいたように、伯母の性質には少し気むずかしいところはあったが、しっかりした、親しみぶかい人物で、立派な老キリスト教徒であった。もの分りのよい、頭の鋭い女で――受け言葉がたいへん上手で、そんなときにしか口を開くことはほとんどなく――その他の場合には、たいして機智などは重んじなかった。私の記憶に残っていることで、伯母のやっているのを見た俗事はといえば、隠元豆をさいて、きれいな水のはいっている瀬戸物の鉢の中へ落しこむことだけであった。あのやわらかい野菜の香りは、今でも私の嗅覚に蘇ってきて、和やかな追憶の芳香を放つのである。たしかに、それは、台所の仕事の中では最もきめの細かいものであろう。

誰かの言葉の、男の伯母なるものは――私の記憶では――一人もない。伯父の側からすれば、私は孤児として生まれたといって差し支えない。兄弟も姉妹も――私の知っているのは――一人もない。エリザベスとなるはずであった姉は、二人がまだ幼いころに亡くなったものと思う。その姉が亡くなったがために、私は、どれほどの慰めや、どれほどの気苦労を失ったことであろう！――けれども、ハーフォードシャーには、従兄妹たちがあちらこちらに散らばっている――その他に二人あって(3)、この二人とはこれまで非常に親しくし、特別の従兄妹と言ってもよいであろう。これというのは、ジェイムズとブリジェット・エリアである。二人は、私よりは十二歳また十歳の年長で、二人ながら、忠告とか指導ということになると、長子ということの特権を少しも放棄しようという気はないらしい。二人がいつまでも同じ気持をもちつづけて、それぞれ七十五歳と七十三歳になったときにも（それより早く死なせるわけにはゆかない）、六十三歳という大厄年の私を、あくまで若僧として、また弟として取り扱ってもらいたいものである！

ジェイムズは説明のつかない従兄である。性質というものには統一があるが、これを洞察することは、どんな批評家にも不可能であり、また、私どもが感じはしても、説明はできないのである。ヨリックの筆(4)――彼の物語を作りあげる、みごとなシャンディ風の明暗――ならばともかく、彼以後の何人もＪ・Ｅを完全に描くことはできないであろう。私は、運命が私に恩寵と才能を与えてくれているなりに、貧弱な対照法で、跛をひきひき追求してみるとしよう。ところで、Ｊ・Ｅは――少なくも平凡な観察者の目には――矛盾した原理からできあがっているように思われる。――純粋な衝動の児であり、思慮ぶかい冷徹な哲学者であり――この従兄の主義である冷徹は、ひどく血の気の多い気質とたえず戦っている。頭脳の中には、つねになにか斬新な計画をもちながら、Ｊ・Ｅは筋の通った革新反対者で、年代と経験の試煉をへないことはなんでも罵倒するのである。自分の空想の中には、時々刻々たがいに追いつ追われつしている数しれぬみごとな考えをもちながら、他人がほんの少しでもロマンティックな考えをもっていると驚き、そして、自分は万事を自分の感情で決定しながら、他人にはいかなる場合にも常識の指導に従うようにとすすめる――すべて、したり言ったりすることに奇矯の風をもちながら、理にあわぬことや変ったことをして物笑いの種にならないようにと、もっぱら他人の心配はする。以前、私が、食事中に、ある万人向きの御馳走を好きでないと言ったところが、彼は、とにかくそういうことは言わぬようにと私に頼んだ――世間が私を気違いと思うだろうから、というわけである。彼は高級な芸術品を熱愛しながら（彼はよりぬきの蒐集を蓄積しているのである）、ただ売るために買うのだという口実のかげに隠れる――自分の熱心が他人の熱をそそらないためにである。けれども、かりに売るためだとすれば、あの柔らかい味の牧歌的なドメニキーノ[5]の一幅が、なぜ今もって彼の壁にかかっているのであろう？——彼にとっては、目がきくということの方が、はるかに大切なのであろうか？——あるいはまた、どこの画商が彼ほどに画を談ずることができようか？

一般に、人間は、思索から得た結論をまげて、個人的な気分の方向へもってゆくものであるが、これに反して、彼の理論は、きまって彼の性質とは正反対であった。本能の上では、スウェーデンのチャールズ[6]のように勇敢であり、主義の上では、旅をするクエイカー教徒のように自分の身体を大切にする。——彼は、偉い人には頭をさげろという教義——人間が世の中で身を立てるには、形式や儀礼の必要であること——を、いつも私に教えていた。ところが、御当人は、私の知っている限り、そのいずれをも目標としていないで——韃靼（タタール）王の面前でも直立していようというほどの魂をもっている。彼が忍耐について論ずるのを——忍耐こそ最も真正の知識として讃美するのを——聞きながら、一方、食事の用意のできる最後の七分間の彼の様子を眺めるのは愉快である。自然の女神は、このせっかちな従兄を作りあげたときほど、落ちつきを失って、大あわてに細工品を作ったためしはない——また、人工の神は、たとえどんな状態であろうと、自分たちが現在おかれている状態に静かに満足していることが利益であるという題目について、彼が雄弁をふるうとき以上に、すぐれた雄弁家を作りだしたためしはない。ジョン・マレイ街のはずれを、いかにも邪魔な風に、道路を西へと通っている短区間の駅馬車の中で、しっかと相手を捕まえた際に——ここでは馬車が、がらあきの間に乗りこめば、満員になるまで待つ覚悟が必要で——ある人達には辛い四十五分である――彼は、この題目で、とくとくと述べたてるのである。彼は、人がせかせかしているのを怪しんで――「こんな風に坐って、こんな風に話しあって、こんないい所がまたとありましょうか」――「私には、動いているより止っている方がありがたい」――その間しじゅう御者に目をむけながら――やがて、自分はよいが他の人ががまんがならぬというので、すっかり勘忍袋の緒を切らせ、約束の時間よりも長く待たせたとて、御者に向かって悲壮な抗議を爆発し、「いますぐ車を動かさなければ、馬車の中の御仁は、降りる覚悟をしていますぞ」と、きっぱり声明するのである。

　議論の種をつくるとか、詭弁を発見することにかけては、彼はすこぶる敏活であるが、他人を相手に筋道のたった議論を進めることはできない。実際、彼の論理はめちゃめちゃで、ぜんぜん論理とは縁のないなにかの方法で、すばらしい結論に飛躍するかに思われる。これとよく筋の通ずることとなのだが、彼は、ときどき、かりそめにも人間に理性などという能力の存在することを否定する意見をはき――人間が、まず最初に、どうしてそんな自惚れをもつに至ったかを怪しみ――自分に及ぶかぎりの理性の力をつくして、彼の否定論を強調するのである。彼は、笑いに対して、哲学的な反対意見をもっていて、笑うということは、自分には不自然だと主張する――そして、おそらくは、次の瞬間に、彼の肺臓は雄鶏のように鬨の声をあげて、呵々大笑するのである。彼は世にも稀な名言をはく――そのくせ、機智は好まないと言う。イートン[7]の学生たちが運動場で遊んでいるのを見て――これらりっぱな聡明な学生たちが、数年もすれば、みんなくだらない国会議員になってしまうのかと思うと実に残念だ――と言ったのは、ほかでもない彼なのである。

彼の青年時代は、火の如く、燃えるが如く、嵐の如くであった――そして、年をとっても、冷却の兆候は見えない。私が彼に感心するのは、このことなのだ。私は「時」と歩調をあわせてゆく人間が嫌いである。私は、あの不可避の破壊者と妥協するつもりはない。J・Eは生きているかぎり、思いのままに振舞うであろう。うららかな五月の朝、私が日ごとの勤めさきの町の方に歩いているとき、彼が正反対の方向に、楽しそうなこぎれいな恰好をして、目の中に買物に出かけることのあらわれている輝かしい血色のよい顔をして――買物は、クロード[8]か――それとも、ホッベマ[9]か――というのは、羨ましい彼の余暇の大部分は、クリスティの店か、フィリップスの店[10]か――その他いたるところの店で、絵画や骨董の類を掘りだすために費されるのだから――歩いてゆくのに出会うのは、まことに愉快である。こんなときには、彼は私を呼びとめて、おまえのように、しなければならない仕事のある人間は、自分などよりは有利であるということについて短いお説教をし――自分は時間をもてあますことが珍しくない――休日がもっと少なければいいんだが、などと言って――私を納得させたものと信じこんで――西の方！――ペル・メル街[11]を目ざして、歌を口ずさみながら――行ってしまう――ところで、私は、歌うこともなく、反対の方向に歩んでゆくのである。

さらに、絵がちゃんと家におさまったとき、無関心先生が、その新しい買物を客に披露に及ぶさまを見るのは愉快である。彼が、ここと思う絵の位置を発見するまでには——この距離にしたり、あの距離にしたり、けれど、かならず客の視覚の焦点を、自分のものにあわせておくので——客は、あらゆる光線で絵を見なければならない。遠近法の効果を捕えるために、指の間から覗けとも言ったりする——そんな細工をしない方が、風景画はずっとひきたつと言ってきかせるのだけれど。彼の歓喜に同調しないばかりか、前に手にいれた一幅の方が今度のものよりもすぐれているなどと、運わるく場所がらをわきまえぬ言葉をすべらせた者こそは禍なるかな！　で——最近のものが、いつも彼の最善のヒットであり——「現時の寵児シンシア」[12]なのである。かわいそうに！　やさしいマドンナが、何枚となく、この家に姿をあらわしたことを、私は知っている——ラファエロの筆だ　ということで——ほんの短い数カ月の間、上座にすえられ——その後、正面の客間から裏の廊下へ、そこから暗い居間へと、しだいしだいに身を落したのち——つぎつぎに素姓の格はさげながらも——一気に転落の悲運はみず、カルラッチ家[13]の人々に順おくりに養子に迎えられ——忘却の物置小屋に投げこまれ、最後にはルーカ・ジョルダーノか、凡庸カルロ・マラッティ[14]の絵としておっぽりだされるのである！——こんな有様を見るにつけ——この世の運命の常なきことが思われて、偉人の境遇の変転とか、

――華やかにいでたち、
麗わしき五月の如く飾られてここに来ませり。
されど帰ります日は、うら枯れの冬の日に[15]

似た、あの哀れなリチャード二世の后[16]のことが頭に浮かぶのであった。

他人に対して大きな愛情をもちながら、J・Eは他人の感情とか行為には、限られた共感しかもてないのである。彼は自分の世界に住んでいて、他人の心に浮かぶことには察しがふかくない。決して他人の習癖の奥底にはいってゆかないのである。老巧な定評のある芝居通をつかまえて、――ひとつのニュースのつもりで――某座（劇場の名前をあげて）の某氏は実にきびきびとした喜劇役者だ、などと言う。私がよく散歩をする男であると知りながら、つい先日も、おまえの住んでいるすぐ近辺に、気持のよい緑の小径を見つけてやったぞと宣伝した――その場所には、この二十年間、毎日のように通いつめている、この私に向かってである！　彼は、センチメンタルという名で通るような種類の感情には、あまり敬意をもたない。真の災いというものの定義は、もっぱら肉体的の苦痛にしか適用しないで――その他一切のものは、頭の中の作り物としてしりぞける。生き物の苦しんでいるのを見ると、いえ、単に想像しただけで、婦人のほか例のないまでに、彼の心は動揺する。こういった種類の苦痛に体質的に鋭敏なのだと言えば、この事実の説明の一半となるかもしれない。とりわけ、動物族は、特に彼の庇護するところである。息切れのしている馬とか、拍車で痛めつけられた馬とかは、彼から弁護してもらえることは確実である。積荷のすぎた驢馬は、永久に彼の被保護物である。彼は獣類に対する使徒であり――関心をもってくれる者のないものどもに対して、かわることのない友人である。生きながらに、エビがゆでられたり、ウナギが皮をはがれたりすることを想像しただけで、彼は、「かわいそうで死ぬ思いが(17)」するまでに、身もだえして苦しむのである。そのために、彼は、幾日のあいだ夜となく昼となく、舌からは風味を、枕からは安眠を奪い去られるのだ。彼は、トマス・クラークソン(18)と同じ熱情はもっていたが、あの「時との真の協力者(19)」の鞏固な実行力と目的の統一には欠けていたので、かの人が黒人のためになしたほどのことを、彼は動物のために果たし得なかったのである。

ところで、奔放な私の従兄は、協力を必要とする目的に向くようにはできていないのだ。彼は待つことができない。彼の改善計画は、一日で熟さなければならない。この理由のために、慈善会とか、人間の苦悩を軽減するための集会では、彼ははっきりせぬ存在にしかならないのである。彼の熱心さは、いつも協力者をうちまかせて怒らせてしまう。彼は救うことを考える――ところが、他の連中は議論することを考える。彼は、＊＊＊＊＊＊＊救済会から多数決で除名せられたが、その理由は、彼の熱烈な人道主義が、仲間の形式的な理解や、のろくさい方法以上にでたからである。私は、この特徴を、いつもエリア一家の、他に類のない高貴の証（あかし）と見なすつもりである！

こうした一見矛盾すると思われる性質を、私が言あげするのは、天下に無比の従兄をあざ笑うためであろうか？　それとも又、非難するためであろうか？　めっそうもない、天よ、一切の礼節よ、親族の間に当然存在すべき理解よ、かかることのなきよう！——エリア一家の中でこの一番の変り者が、どれほど変っているにしても——私は、一点一画なりと、彼に現在の彼以外のものになってもらいたくないし、また、この奔放な近親を、最も几帳面な規則正しい、万事に矛盾のない近親と、やりとり交換はしたくないのである。

読者よ、つぎには、私はたぶん従姉のブリジェットのお話をすることになるであろう——みなさんが、まだ従兄妹の話に食傷されないとすればである——もし、みなさんが進んで私どもと同行なさる気があるならば、みなさんの手をとって、私どもが、一、二年前の夏、もっと多くの従兄妹たちをさがして試みた小旅行にお連れしよう——

楽しいハーフォードシャーの緑野をめぐって。

（一八二一年六月「ロンドン・マガジィーン」所載）

〔解説〕

ラムの随筆中には、彼の身辺に材をとったものが多い。本篇もまたその一つである。

彼の父ジョンと母エリザベスの間には七人の子供があったが、ジョン、メアリイ、チャールズの三人をのぞいてはいずれも早逝した。チャールズは末子で、ジョンは十二歳、メアリイは十歳、それぞれ年長であった。ジョンは、早くから一家のことを年少のチャールズにまかせ、自分は別居して、すきなことをやっていたらしい。けれども、チャールズは兄に対して少しも不快な感を抱くことはなかった。兄の死を悼む「幻の子供たち」の中に、そのことははっきりあらわれている。チャールズには、どんな場合にも、人をにくむということはできなかったのである。「最も愛すべき作家」と批評家たちから親しみの言葉をおくられるゆえんである。

前段にでてくる伯母というのは、父の姉で、ずっとラム一家と同居していた。一七九七年二月に死去した。

初めての芝居見物

クロス・コートの北の端に、ひどくなりさがって、今では印刷所の入口の役目をしてはいるが、あるていど建築学上みどころのある門が、今なお立っている。読者よ、あなたが年少であれば、ご存じないかもしれないが、この古びた門口が、昔のドルゥリイ座(1)――ギャリック(2)が座主であったドルゥリイ座――の、まぎれもない平土間(ピット)(3)の入口で、残っているのは、これだけなのである。この前を通ると、私はいつも四十年の歳月を両肩から払いおとして、はじめての芝居を見物するために、この門をくぐった晩のことを思いださずにはいられないのだ。その日の午後は雨降りであった。(年上の人たちと私と)皆して芝居見物に行く条件は、雨があがれば、ということであった。どんなにか烈しく心臓を波うたせながら、私は窓から水溜りを眺めたことであろう! 水溜りが静まれば、望み通り雨のあがる前兆だと教えられていたのである。私は、雨のあがる前の最後の土砂降り、そして、大喜びでそれを知らせに駈けていったことが、頭に浮かんでくるような気がする。

私どもは、名親のF[4]が送ってよこした招待券をもって出かけた。Fは、ホーボーンのフェザーストーン・ビルディングの角で油屋（今はデイヴィスの家になっている）をやっていた。背の高い、ものものしい人物で、話し振りが横柄で、身分以上に気どっていた。そのころ喜劇役者のジョン・パーマーと交際し、その歩き振りや態度をまねているようであった。むしろ、ジョンが、（そうも思えるのだが）彼の態度をあるていど私の名親からかりていたのかもしれない。彼は、またシェリダン[5]とも知りあいで、その訪問も受けていた。青年ブリンズリイ・シェリダンが、バスの全寮制学校[6]から手に手をとって駆け落ちした最初の妻——あの美しいマライア・リンリイ[7]——を連れてきたのは、ホーボーンの彼の家であった。シェリダンが、声の美しい女を護衛して、夜到着したときには、私の両親は（カルタ遊びの卓に向かって）その場にいあわせていた。その縁故のどちらからでも、私の名親が、当時のドルゥリイ・レイン座の招待券を、自由に請求できたことは想像しうる——そして、事実彼の口から聞いたことがあるのだが、ブリンズリイの手軽な自筆の安入場券を、かなりふんだんに出してもらえることが、永年にわたって夜ごと、その劇場のオーケストラ席や、あちらこちらの通路を照明するお礼に受けとる、彼の唯一の報酬であったのだ——そして、彼はそれを当然のことと満足していた。シェリダンと親密である——あるいは、親密なつもりでいる——光栄は、私の名親にとっては、金銭以上なのであった。

Fは油屋のなかでは最も紳士らしい人であった。大風呂敷はひろげるが、礼儀は正しかった。ごくありふれたことを話すにも、キケロ風に大げさであった。彼には、ほとんどいつも口にするラテン語が二つあったが（油屋の口からのラテン語が、いかに奇態な響きをもつことか！）、それも、その後私の知識が進んでみると、訂正の必要があった。厳密に発音すると、その語は、ヴァイシ・ヴァーサ(8)でなければならないのだ——ところが、ヴァース・ヴァース式に、巧みに単音節化するというか、英国化した彼独特の発音で、セネカ(9)やヴァロ(10)からじかに読まれると、今とはちがって、あのころの若さでは、畏敬の念を感じさせられるのであった。堂々たる態度と、この変則な発音のおかげで、彼は、セント・アンドルー寺院の授けうる、教区最高の栄誉ある地位（たいしたものでもないが）に昇ったのであった。

彼はもう故人である——それで、以上のことだけは、彼の遺霊に対して当然申しておくべきだと考えたのである、私の初めての芝居招待券（形こそ小さいが、恐ろしい力をもった護符！——ちょっとした鍵で、外見にはつまらないけれど、私にとってはアラビアの楽園(11)以上のものを開いてくれるもの！）のためにも、更には、後にも前にも私が自分のものと言いうる唯一の土地財産——ハーフォードシャーの気持のよいパカリッジという路傍の村にある——を、彼の遺言のおかげで持てるようになったことのためにも。この土地を受けとるために、私が旅に出て、自分のものとなった土地に足を下ろしたときには、寄贈者の堂々たる習慣が我が身に降下し、（恥を申せば）天と地の間の一切のものは我が物なりという英国の地主の気分で、真中に手広い家のある四分の三エイカーの私の配分地の上を、大股で意気揚々と歩いたものだ。今は、この地所も、もっと思慮ぶかい人の手に渡り、土地制度改革論者でもないかぎり、それを取りもどすことはできない。

当時は、平土間にも招待券があった。これを廃止してしまった不愉快な興行師め！——この平土間の招待券を持って、私どもは出かけた。戸口で待っていたことが思いだされる——現在残っている戸口ではなくて——その戸口と、蔭になっている奥の戸口との間で——いつの日、またあのように胸をわくわくさせて待つ身となることがあろう！——当時の劇場にはきまってつきものの「上等林檎（ノンパラルズ）」と呼び売り歩く声を耳にしながら。私の思いだせる限りでは、当時の劇場の女果物売りの流行（はやり）の発声は、「オレンジはいけげ、林檎はいけげ、番付はいけげ」——いかがの代りにいけげであった。ところで、中にはいって、やがてあらわれるはずの私の空想の天国をヴェールで蔽うている緑の幕を見たときに——どんなにか待ち遠しい思いを、私は息をころして怺（こら）えたことであろう！　私は、ロウ版のシェイクスピア本[12]の『トロイラスとクレシダ』の前についている版画で——ダイオミードと天幕の場面だが[13]——なにかそれに似たものを見たことがあった——そして、その版画を見ると、あの夜の感じが、いつもある程度蘇ってくるのである。——立派な服装をした、身分の高い婦人連の居並んでいる当時の桟敷（ボックス）は、平土間の上に突きでていた。そして、下までとどいている小柱は、ガラス（らしいもの）の下を、（なにか分らないが）きらきら光るもので飾られていた——似ているのは——卑しい妄想だが——砂糖菓子ということにした——けれども、私の昂揚した思いには、菓子のもつ卑しい側の性質はすべて蔭をひそめて、ただもう燦然たる砂糖菓子に見えるのであった！——やがて、オーケストラ席の灯がぱっとついて、あの「麗しの曙の女神たち」[14]の合唱である！　一度ベルが鳴った。もう一度鳴るはずである——待ち遠しい思いにたえきれないで、私はあきらめに似た気持で、閉じた目を母の膝の上にうつぶせた。二度目のベルが鳴った。幕はあがった——私は六歳になるかならぬか——そして、出し物は『アルタクセルクセス[15]』であった！

私は、万国史——その古代の部——を少々かじっていた——そして、眼前にあらわれたのは、ペルシアの宮廷であった。それで、私はとうぜん過去の情景の中につれこまれた。演じられている所作には、たいした興味はもてなかった、その意味が分らないからである——けれども、ダリウス[16]という言葉が聞こえると、私は「ダニエル書」の真中にはいりこんだ。一切の感情は、夢幻のなかに吸いこまれた。豪華な衣裳、庭園、宮殿、王女たちが私の眼前をよぎっていった。役者のことは、私は知らなかった。しばらくは、私は古都ペルセポリス[17]の中にあった。そして、彼らの信仰の偶像である燃える火を眺めていると、私も改宗して、その帰依者になりたいほどであった。私は畏怖の念に打たれ、それらが表象するものは、ただの火以上になにか意味あるものに思えた。全く魔法であり、夢であった。こんな喜びは、夢のなか以外、その後も私を訪れてきたことはない。――つぎは道化者ハーレクィン[18]の登場。この芝居での私の思い出は、役人連が妖婆の姿に変ることも厳粛な一つの歴史的事実であり、自分の頭を運ぶ仕立屋も、聖(サン)ドニ[19]の伝説と同様、真面目な事実であると考えたことであった。

つぎに私の連れてゆかれた芝居は『荘園の婦人』であったが、この芝居については、あの舞台面の道具立てを除いては、ごく微かな痕跡しか記憶に残っていない。つづいては『ランの幽霊』というお伽芝居(パントマイム)であった――死んで間のないリッチ[20]を諷刺したものとは分った――けれども、(諷刺とうけとるにはあまりにも生真面目な)私の頭には、ランは、ラッド王[21]――道化一門の始祖――万代にわたって彼の木舞(こまい)の剣(木製の笏)を伝える――と同じく、遥かに遠い時代のものであった。私は、道化の元祖が、色あせた虹の亡霊のように、白いつぎはぎの青ざめた衣裳をつけて、沈黙の墓場から現われるのを見た。道化は死ぬとあんな姿になるもの(と私は考えた)。

すぐ又それにひきつづいて、私は三度目の芝居を見た。『世の慣わし[22]』であった。私は、裁判官のように真面目くさって見物していたに違いないと思う。というのは、善良なウィシュフォート夫人[23]のヒステリックな気どった仕草が、なにか荘厳な悲劇的な熱情のように私を感動させたことを思い出すからである。つぎは『ロビンソン・クルーソー』で、この芝居では、クルーソーも下僕フライデイも鸚鵡も、原作の場合と同様、みごとな出来で真実のようであった。――これらのお伽芝居のクラウン役[24]やパンタローネ役は、きれいに私の頭から消え去ってしまった。こうしたものを笑わなかったのは、ちょうどテンプル騎士団（テンプラーズ）の建てた古いラウンド・チャーチ(25)（私の寺だが）の内側の周りの石に刻んだ、口を大きく開いてにたにた笑っている妖異なゴシック風の首（当時私には敬虔の意味が十分にあるように思われた）を、その年頃には笑う気持になれなかったのと同じことであろうと思う。

私がこれらの芝居を見たのは、一七八一年から八二年にかけての芝居シーズン中のことで、六歳から七歳までの間のことであった。中に六年から七年の間をおいて（学校では芝居見物は一切禁止されていたのである）、私は再び劇場の門をくぐった。あの懐かしの『アルタクセルクセス』の夜が、私の空想のなかにまだ鳴り響いていたのだ。同じ立場に身をおけば、また同じ感じが湧きあがってくるものと、私は期待していた。けれども、十六歳と六歳の隔たりは、六十歳と十六歳の隔たり以上に人間を変えてしまう。その間に、私はあれもこれも失ってしまった！　幼い時には、私はなにも知らなかった。なにも分らなかった。なにも弁（わきま）えなかった。一切を感じ、一切を愛し、一切に驚いた——

育ちたり、如何にしてとは言い得ねど(26)——

テンプルを去るときには私は信心家であったが、帰って来たときには理論家であった。物的には同じものがあった。けれども、象徴の姿、連想の影が消え失せてしまったのだ！　緑の幕ははや、開けば昔を今に呼び戻し、「王の亡霊(ロイヤル・ゴースト)」(27)を現わすはずの、二つの世界の間にひかれた帳(とばり)ではなくて――舞台の上にあらわれて、それぞれの持役を演ずるはずの、同じ仲間と見物とを一定の時間しきるための、ある長さの粗末な緑の羅紗(ラシャ)にすぎなかったのだ。灯――オーケストラ席の灯――も、下手なからくりと分った。最初のベルの音も二度目のベルの音も、いまでは、後見役のならすベルと正体がわかってしまった――昔は、それが合図の役目の手は、見えもせねば想像されることもなく、郭公の鳴く音のように声の幻であったのに。役者は、顔に化粧をした男女にすぎなかった。罪は彼らにあり、と私は考えた。けれども、罪は私自身にあったのだ。幾百年の歳月が――実は六年という短い歳月にすぎないのである――私におよぼした変化にあったのだ。――その夜の芝居がつまらない喜劇であったことは、おそらく私にとっては幸であったであろう。途方もない期待を刈りとる時間を私に与えてくれたのだから。でなければ、そのような期待に妨げられて、その後まもなくイサベラ(28)に扮するシドンズ夫人(29)を最初見たときに没入し得た、あの純粋な感激は味わい得なかったであろう。比較や回想は忽ち目前の舞台の魅力に打ち負かされて、新しい台木の上に、芝居は私にとって最も楽しい道楽となったのである。

（一八二一年十二月「ロンドン・マガジィーン」所載）

〔解説〕

読書と芝居と美食をラムの三道楽といって差し支えなさそうである。彼の幼時をすごしたテンプルが、当時一流の劇場ドルゥリイ・レイン座とすぐ目と鼻の位置にあったことは、彼を芝居ずきにしたことに、大いに関係ありそうである。テムズ河を目の前にひかえたテンプルは、東京でいえば、芝居街をすぐ近くにもった隅田川べりの町々にでもあたるであろうか。とにもかくにも、彼が芝居と縁の深い環境にあったことにまちがいはない。

ラムは単に芝居を見るだけに満足しきれないで、自ら劇作に筆をそめ、一八〇二年には『ジョン・ウッドビル』を出版し、一八〇六年には笑劇『H氏』をドルゥリイ・レイン座に上演したが、これは大失敗で、たった一晩だけで打ちきりになったということである。

劇作家として失敗であったのに反し、劇評家としてはまぎれもなく一流であって、殊に『シェイクスピアと同時代の代表的戯曲選集』によって、エリザベス朝の戯曲研究の扉を開いたことは高く評価さるべきである。

現代の女性尊重（ギャラントリー）

現代の風習を昔の風習に較べてみて、私どもは、女性尊重（ギャラントリー）――相手が女性であることを認めた上で女性に対して払うということになっている、一種の追従というか謙譲な尊敬というか――という点で、得意がって悦にいっている。

我が文明の起源をここにおいている十九世紀になって、最下等の男性と同様に女性を公衆の前で笞刑に処すという、きわめて頻繁に行われた習慣が、やっと廃止されかけているということを忘れ得たときに、私は、この主義が私どもの行動を支配していることを信ずるであろう。

英国では、まだときおり女性が――絞首に処せられているという事実に目をふさぎ得たときに、私は、この主義が有力になってきたことを信ずるであろう。

もはや女優が紳士連に舞台から弥次り下ろされるようなことがなくなったときに、私はこの主義を信ずるであろう。

伊達者が、魚売りの女の手をとって溝を渡してやるとき、また、運わるく荷馬車につきあたって、今しも散乱してころころ転がっている果物を、林檎売りの女に手をかして拾ってやるとき、私はこの主義を信ずるであろう。

こうした奥ゆかしさの点では、それ相当に名うての達人と考えられている、比較的階級の低いデモ紳士たちが、顔みしりのない場所なり、誰も見ていないと思う場所で、この主義にもとづいて行動するとき――金持の商人に使われている旅廻りの男が、自分と同じ乗合馬車の屋根に乗って、ずぶ濡れになって教区に帰ってゆく婦人の、濡れるにまかせたその肩に、ご自慢の大外套を脱いでかけてやる情景を見るようになったとき――ロンドンのさる劇場の平土間(ピット)に、一人の婦人が立っていて、やがては無理がたたって気分が悪くなり気も遠くなりかかっている、まわりには男連がのびのびと腰をかけていて、その婦人の苦しみを笑っている、そのうちに他の連中よりはいささか礼儀も心得ており、良心も持ちあわせているらしい男が、「もう少し若くて美人なら、喜んで席を譲ってやるんだが」と、意味ありげに公言するような情景を、再び見ることがなくなったとき――私はこの主義を信ずるであろう。このこざっぱりした問屋なり、あの旅廻りの商人なりを、その連中と知りあいの女性の仲間のなかにおくと、あれでロスベリイ(1)では珍しく躾のいい人なのである。

最後に、世の中の賤業や下等な奴隷仕事の半分以上が、婦人の手で行われることがなくなったときはじめて、私は何かこうした主義が私どもの行動を支配していることを信ずるであろう。その日の来るまでは、私は、この自慢の種も、月並みの作り物以上のものとは思わず、男女両性が対等にその利益を見いだすある階級なり、生涯のある時期なりに、両性の間にもうけられた虚飾以上のものとは信じないであろう。

上流社会で、老人に対しても若い人に対すると同じく、不器量な顔の人に対しても美しい人に対すると同じく、肌理(きめ)の荒い人に対しても肌理の透き通るような人に対すると同じく——美人であるとか、資産家であるとか、爵位があるとかいう理由からではなく、婦人であるからという理由で、婦人に対して同一の注意が払われるのを見るようになっても、私は、それを人生の有益な虚構の一つぐらいの位置におきたいとさえ思うのである。

着飾った一座のなかで、着飾った一人の紳士が老齢の女性という話題に言及しても、冷笑も湧かず、冷笑を湧かせるつもりもなくてという風になったとき——「骨董娘」とか、また何某は「売れ残りだ」という言葉が、りっぱな一座で発せられた場合、その言葉を耳にした男なり女なりが、すぐさま立腹するようになったとき、私はこの主義を名ばかりのものとは思わなくなるであろう。

商人で南海商会の理事でもあった、ブレッド・ストリート・ヒルのジョゼフ・ペイス——シェイクスピア註釈者のエドワーズ[2]からみごとな十四行詩(ソネット)を寄せられたあの人——こそ、私の知る唯一の首尾一貫した女性尊重者（ギャラントリー）の典型であった。彼は、私を幼時その膝下において、多少の面倒を見てくれた。私の気質にある商人むきのところはすべて（たいしたものではないが）、この人の教訓と示範のおかげである。私の利益のうけかたがこの程度にとどまったのは、彼の罪ではない。彼は長老派教会の信者の家に生まれ、商人として育てられたが、当時一流のりっぱな紳士であった。応接間の女性に対してはこれ、店屋や露店の女性に対してはあれと、礼法のあの手この手をもってはいなかった。ぜんぜん区別をしなかったという意味ではない。けれども、彼は女性ということをいつも念頭におき、また、女性が不利な立場にあるために蒙っている災難を見てみぬふりはしなかった。ある町へゆく道をきいている貧しげな召使いの少女に向かって――お笑いになることはご随意――私は、彼が帽子を脱いで立っているのを見かけたことがある――受ける側でも与える側でも、互いに相手を当惑させることのないようなごく自然な鄭重な態度で。彼は、普通の意味に使われる言葉の、女の後を追い廻す人では決してなくて、どんな姿で彼の前に現われるにしても、女性なるものを尊敬し支持したのである。私は、彼が――いえ、お笑いにならないで――夕立のなかで出会った市場の女を、まるでその女が伯爵夫人でもあるかのように、注意に注意を重ね、果物が損傷を蒙らないようにと、粗末な果物籠の上に己が傘を高々とさしかけて護送しているのを見たことがある。彼は、老女の尊い姿に対しては（たとえ年老いた乞食婆さんに対するにしても）私どもが自分の祖母たちに示す以上に鄭重に壁側の道を譲ったものであった。

彼は当代の勇ましい騎士（ブルー・シュヴァリエー）であった。自分たちを護ってくれるカリドア(3)やトリスタン(4)をもたない人たちにとってのカリドア卿であり、トリスタン卿であった。色あせて既に久しい薔薇も、彼にとっては、その萎びた黄色の頬にまだ残り香を止めているのである。

彼は一度も結婚をしなかったが、若いときに美しいスーザン・ウィンスタンレイ——クラプトンの老ウィンスタンレイの娘——に求愛し、この人がその後まもなく死んだがために、生涯独身の決意をかためたのであった。彼の話によると、二人の短い交際の期間中のある日のこと、彼は愛する人にやたらとお愛嬌の言葉——女性に対する普通の敬愛の言葉——をふりまいていた——この種のことに彼女はこれまで嫌悪の情を示したことはなかった——ところが、この場合にかぎってなんの効果もないのである。彼女から、返礼としての適当な謝意もきかれなかった。どころか、彼のお世辞を怨んでいる風情であった。この婦人は平常そんなけちなところはぜんぜん見せたことがないのだから、これを単なる気紛れと片付けるわけにはいかなかった。その翌日、少々機嫌が直っているのをみて、思いきって昨日の冷淡さを突っこむと、彼女はいつものように卒直に、つぎのように打ちあけた。親切にしてもらうことがいやであろうはずのないこと、少しくらい大仰なお世辞もがまんできること、自分のように求愛されている立場にある若い婦人は、あれこれのお愛嬌の言葉が自分に向かってふりまかれるのを期待する権利のあること、不誠実でないかぎり少々のお追従は、たいていの婦人と同じように、自分も謙譲の徳を傷つけることなく、ありがたく頂戴できると思うということ、けれど――あなたのお世辞のはじまる少し前に――あなたが、かなりあらあらしい言葉で、約束の時間までにあなたの襟飾りを届けなかった若い婦人を叱っておられるのをたまたま耳にして、私はこう考えたのでした。「私が、ミス・スーザン・ウィンスタンレイであり、若い婦人――評判の美人で資産もあるという噂の――なればこそ、私に求愛しているこの立派な紳士の口から、思いのままに上品この上もない言葉をきくことができます――けれど、もし自分があの貧しいメアリイ某（その小間物屋の名をいって）であったとしたら――そして、約束の時間に襟飾りを届けることができなかったとしたら――おそらく、私は、その襟飾りを仕上げるために夜半までも起きていたことでしょうが――そのときに、私はどんな挨拶をうけたでしょうか――すると、女性としての私の誇りが救援にあらわれました。もしそうしてくださることが私の名誉になるのでしたら、私と同じく女性である人は、もう少しましな取り扱いを受けたであろうと考えました。それで、私は女性の面目をつぶしてまで、お世辞はうけまいと決心したのです。女性に属していることが、結局は、お世辞をうける最も強い権利ともなり、資格ともなるのですから」と。

　私は、この婦人は恋人にあたえた叱責の中に、心の広さと正しいものの考え方を示していると思う。私の友人が、生涯を通じて、差別なくあらゆる女性に対してとった行動や態度を規定した稀にみる慇懃の基調は、その幸福な起源を、亡くてぞひとしお惜しまるる恋人の唇からもれた、この時宜をえた教訓によるものと、私はときおり考えてみるのだ。

全女性界の人たちが、こうした事柄に、ウィンスタンレイ嬢が示したのと同じ気持をもってくれたらと、私は望んでやまない。そうなれば、いくぶんかは首尾一貫した女性尊重（ギャラントリー）の精神が見られるであろう。そして、同一人の男の変調――妻に対しては真に礼節の模範でありながら――妹に対しては冷やかな軽蔑と粗野の模範であり――愛する女性を礼拝しながら――同じく女性である伯母や不運な――それでも女には変りのない――未婚の従姉を軽んじたり軽蔑したりする――は、もはや見られなくなるであろう。婦人が、――自分の女中とか寄宿者とか――どんな状態におかれている女性にしろ、自分の同性から尊敬の念を減ずれば、ちょうどそれと同じだけ、自分自身からも尊敬の念を減じたことになるのである。そして、女性から切りはなすことのできない、青春とか、美貌とか、その他の武器が、その魅力のいくぶんを失うとき、おそらくはその減損を切に身に感ずるであろう。求愛の期間中も、またその後も、婦人が男子にとうぜん要求すべきことは、まず第一に――女性であるということを理由としての自分に対する尊敬であり――それについでは――他のいずれの女性よりも以上に尊敬されることである。けれども、女性を女性という特性の上に立たせること、土台石の上に立つ如くあらせたいものである。個人個人の選択に伴う女性に対する好意の示し方は――どれほど数多く、どれほど奇抜でも、それは御意のままとして――その主要建造物に対する美しい添え物か飾り物ということにしていただきたい。女性第一の教訓は——やさしいスーザン・ウィンスタンレイの場合と同じく——同性を尊敬するということであってもらいたいものである。

（一八二二年十一月「ロンドン・マガジィーン」所載）

〔解説〕

一七九六年、当時ラム一家は懐しのテンプルを去ってホーボーンのリトル・クィーン街に居を移していた。気まぐれで気ままな兄ジョンは、すでに家を離れて自分一人の生活を楽しんでいたので、いきおい後に残ったメアリイ姉弟で老父母と寄食していた伯母の三人の面倒をみなければならなかった。

東インド会社に勤めていたチャールズはまだ二十一歳の年少で俸給も少なく、僅かの収入で一家五人の家計をたててゆかねばならないメアリイの苦労は並たいていではなかった。メアリイは家事の片手間にお針の賃仕事をした。九月のある日のこと、お針を習いに来ている娘とのふとした争いから、激昂したメアリイはとうとう発狂してしまった。体内にひそんでいた遺伝の悪血が、疲労した頭脳の中に空隙を発見したのであろう。

いきなりテーブルの上のナイフをとりあげると、メアリイは針娘(はりこ)をめがけて襲いかかった。針娘は驚いて部屋の中を逃げまわった。悲鳴をきいてかけつけた母親は二人の間にわってはいった。メアリイのナイフは母親の心臓につきささった。メアリイの投げつけた別のナイフに父親も傷ついた。

チャールズが、やっと狂った姉の手からナイフをもぎとった。

事件直後チャールズは親友コールリッジに悲痛な手紙を書いているが、その第二信の中で、

その夜、伯母は意識を失って倒れていました――どうみても生きている人とは思われませんでした。父は、愛しもすれば愛されもしている娘から受けた傷のために、あわれ、額一面に膏薬をはっていました。母は隣室に死骸となっているのです。

と言っている。

その後まもなく父親も伯母も相ついで他界したので、メアリイをどう処置するかはチャールズの胸一つにあった。メアリイは事件後ずっとホクストンの精神病院にいれられていた。チャールズは憐れな姉のために自分を捨てようと決心した。彼は自分の責任において姉を手許におくことを当局に哀願した。願いはいれられた。かくて、その後三十八年間チャールズが死ぬときまで変ることのなかった「独身姉弟の寄合世帯」がはじまるのである。

けれども、その間、メアリイの発作は頻繁におこった。あるラムの友人はこんな風なことを書いている。

弟と姉と、手に手をとって、二人とも涙にぬれながら、野原をこえて、古い瘋癲院へ歩いてゆくのに、ある日出会った。

ラムが、彼の作品の中で、ほとんど母のことにふれていないのも、おそらくは、姉へのやさしい心遣いからであろう。

ラムこそは、女性尊重の典型的人物である。

食前感謝の祈り

食事に際して感謝の祈りをする風習は、おそらく食事が不安定のものであり、十分な食事はなみなみならぬ祝福であり、満腹にいたっては思わぬ授り物で特別な神慮と思われた太古の時代、人類がまだ狩猟時代にあったころにその起源をもっているのであろう。ひどい食物不足の季節の後に、鹿の肉やら山羊の肉やらの幸運な獲物を我が家へ持ち帰るときに、自然とおこる鬨の声や凱歌のなかに、おそらくはこの近代の食前感謝の祈りの萌芽はきざしていたのであろう。でなければ、私どもが生きてゆくに必要な他のいろいろな天与の物や有りがたい物を受けるに際して、当然心に浮かぶと思われる言葉にださぬ沈黙の感謝とはことかわり、なぜ食物の恩恵——食べるという行為——だけに、それに付随する感謝の言葉があるのかは容易に理解できないであろう。

ありていに言えば、一日のうちには、食事以外に、二十度も感謝の言葉を述べたいと思うことがある。愉しい散歩に出かけるとき、月光の下を逍遥するとき、親しい人との会合のとき、難しい問題のとけたとき、それぞれの場合の祈りの形式が欲しいと思う。ミルトンを読む前の感謝の祈り――シェイクスピアを読む前の感謝の祈り――『神仙女王』[1]を読む前に唱えるにふさわしい勤行の言葉――こうした心の糧ともいうべき書物に対する祈りの形式が、なぜないのであろうか――ところで、世間に受けいれられている儀式としては、これらの形式をただ一つ食事の儀式にかぎっているのであるから、私の観察も、りっぱにその名のある食前感謝の祈りについて私のもっている経験内にとどめることにしよう。私の祈りの形式拡張の新計画は、理想国を夢みるラブレー派のキリスト教徒[2]たちの――集合の場所はどこでもよい――こぢんまりした集会用として、目下友人のホモ・ヒューマナス[3]が編纂中の、きわめて哲学的な詩的な、おそらくは多少異教徒的な祈禱書の片隅に入れていただくことにして。

さて、食前の祝福の形式は、貧しい人の食卓か、さもなければ、簡素でさして食欲をそそらない子供たちの食事の場合に、その美しさがある。食前感謝の祈りが非常に奥ゆかしいものになるのは、こうした場合である。翌日は食事が得られるかどうか分らない赤貧の人は、祝福の実感をこめて食事の席につくが、なにか極端な空論にでもよらないかぎり、食事が得られないという考えがその頭に浮かぶはずのない金持ち連中には、祝福はほんの形ばかりにすぎないのである。食物の本来の目的――動物的に生命を維持してゆくこと――は、彼らにはほとんど考えられないのである。貧しい人のパンは、一日一日の糧であり、文字どおりその日の糧である。金持ちの贅沢な献立は、永遠につながる。

　くり返しいうが、最も簡素な食事が、感謝の祈りを前置きするに最もふさわしいように思われる。食欲を刺激することの最も少ない食物は、最ものびのびと食事以外のことを考えさせる。葱をそえた粗末な羊肉の一皿に向かうとき、人は、ありがたく、心からありがたく思って、食事の儀式や慣例を考えてみるだけの余裕があるであろう。これに反して、鹿肉や海亀のスープを前にしては、食前感謝の祈りの目的とは相容れない心の乱れを告白するであろう。うまそうなスープやらご馳走やらが鼻のさきで湯気をたて、食欲と選択の迷いとで、客の唇をぬらせる富豪連の食事の席に（たまさかの客として）ついたときには、私はこの儀式の前置きに、なにか時を得ぬ感じをもったものである。烈しい食欲にかられながら、宗教的感情を挟むことは見当違いのように思われる。涎の流れている口で神の讃辞をつぶやくことは、目的の混乱である。美食主義の熱気は、敬神の静かな焔を吹き消す。周辺に立ちのぼる香気は邪宗のものであり、腹の神は、それを横どりして自らのものとする。必要以上に食糧が多きに過ぎると、目的と手段との間の一切の釣合感は奪い去られる。贈り主なる神の姿は、贈り物のかげに見失われる。感謝する――なんのために――多数の人が飢えているのに、自分だけがあり余るほど持っていることのために感謝する、という不当に気がついて、君は驚くのだ。これは、誤って神を讃美するというものである。

　私は、食前感謝の祈りを唱える人が、おそらくは、ほとんど無意識に、この間（ま）の悪い思いをしているのに気がついたことがある。牧師やその他の人々が、この間の悪い思い——一種の気恥しさ——お祈りを汚すような事情の同時に存在しているという感じを抱いているのを、私は見たことがある。ほんの二、三秒の間、もったいぶった調子でお祈りをすると、その祈禱者はいち早く平常の声にかえって、まるでそわそわとした偽善感から逃れようとでもするかのように、自分で食べたり、隣席の人にすすめたりするのである。この人が偽善者というのでもなく、また本務の履行に甚だしく良心的でないというわけでもない。彼は、眼前の情景とご馳走とが、静かな理にかなった感謝の勤行と両立しないことを心の奥底に感じたのである。

私の耳になに人かの叫び声が聞こえてくる——豚が飼葉槽に向かうように、お前はキリスト教徒を、神を思いだすことなしに食卓に向かわせたいと思うのかと——いえ、そうではない——私は、彼らを、神を思いだし、豚に似ることなく、キリスト教徒として食膳に向かわせたいのだ。それとも、彼らの食欲が猛り狂い、東西をくまなく捜して手に入れた珍味をたらふく食わねば承知できないものとすれば、彼らの祈りを、食欲のおさまったもっと適当な時期まで延ばしたいと思うのである。ほどほどのご馳走と、限られた皿数を前にして——神の静かな細いみ声がききとれ、感謝の祈りの理性のたち帰るときまで。大食過食は感謝を捧げるに適当な時ではない。聖書には、エシュルン(4)は肥ると蹴るとある。ウェルギリウス(5)が、ケライノー(6)の口に決して祝福の言葉をいわせなかったのは、化鳥(ハルピュイア)(7)の性質を一段とよく心得ていたのである。卑しい下劣な感謝ではあるが、私どもはある種の食物をとりわけ美味しく感じて有りがたく思うことがある。けれども、食前感謝の祈りの本来の目的は、生命の維持であって風味ではない。日々の糧であって美味ではない。生存の手段であって、肉体を飽食させる手段ではない。いったいロンドンの市つきの牧師さんは、どんな気分で、また、あんなに落ち着きはらって、大会堂の宴席で祝福の言葉を述べられるのか、私には不思議である。彼の最後の結びの敬虔な言葉――ほとんど例外なく彼の説教する神の御名なのだが――は、多数のがつがつしている餓鬼(ハルピュイア)どもが、あのウェルギリウスの鳥と同様、真の感謝の念（これが節制というものである）をほとんどもちもしないで、馬鹿な底ぬけ騒ぎをはじめる合図にすぎぬと知りながら！　霧のように食欲をそそって立つ湯気が、清らかな祭壇の供物にまつわって、これを汚し、この牧師さん御当人が、己が信心ごころもいささか曇ったわい、と感ずることがなければ幸である。

　食卓いっぱい腹いっぱいのご馳走に対する最も峻烈な諷刺は『失楽園』[8]の中で、悪魔がキリストを誘惑するために荒野に設ける饗宴である。

　　王者の饗宴さながらに豊かに拡げられし食卓、
　　うず高くつまれし皿、貴くも香しき肉。
　　狩猟の獣、獲物の鳥。

饅頭、串焼き、煮物、
さてはまた鯨蠟の香をこめて。
ポントス、ラクリン湾、アフリカの岸、
干して獲りたる海川の魚。

誘惑者たる悪魔は、こうしたご馳走は、祝福の推薦の前置きの言葉はぬきで、賞味せられるものと考えたにちがいない。悪魔が主人役を勤める宴席では、食前感謝の祈りは短いのが普通である。――ここのところでは、かの詩人ミルトンもいつもの礼法にかけているように思われる。彼は古ローマの豪奢か、それともケンブリッジ大学の饗宴の日を思いだしていたのであろうか。これでは、むしろ美食家ヘリオガバルス(9)むきの誘惑であった。饗宴全体があまりにも都市的で、料理中心にすぎ、その附随物までが、全くあの荘重な深奥な神聖な場面を冒瀆している。悪魔の料理人が魔法で呼びだす強力な薬味（ソース）の大砲は、客人キリストの素朴な要求と簡素な飢餓とに釣合いがとれない。客人の夢を破った者は、客人の夢の話を聞けばもっと教えられるところがあったであろうに。飢えたる神の子の夢には、どんな種類のご馳走があらわれたであろうか、――まこと、彼は、

——食欲が常に夢みるが如く、
自然の美味たる食物と飲み物
を夢みたのである。

ところで、その食物とはなに？——

彼(10)は、ケリテ(11)の河岸に立てる人を思い、
鴉ども、角(つの)の嘴もて、
朝に夕にエリア(12)の許に食物を運ぶを夢みたり、
彼らは貪婪(どんらん)なれど、教えられて運ぶものには手をふれず。
彼はまた、予言者の曠野に逃れ、
金雀花(えにしだ)の下に眠りて、目ざむれば、
炭火の上に夕餉はすでに調い、
起きて食えと天の使に言われて、
安眠の後ふたたび食うに、
四十日を支うる力を得たるを夢みたり。

おりふしはエリアと食を分ち、
あるいは、客となりて、
ダニエル[13]と共に豆をかじるの夢もまた。

ミルトンの空想の中で、この飢えたる神の謙虚な夢ほど美しいものはない。これら二つの幻の饗宴のいずれに、いわゆる食前感謝の祈りなる前置きが適当かつ適切であると考えられるであろうか。

私は、理論の上では感謝の祈りに反対するものではない。けれども、実際には、この祈りは(特に食前には)なにか間のわるい、時を得ないものがあるように思われるのだ。欲望はその種類をとわずすべて、理性に対するすぐれた拍車であって、これがなければ、理性が種族保存や種族継続の大目的を果しうる望みは甚だ薄いのである。少しの間をおいて、それ相応の感謝の念で瞑想するに適当な祝福ではある。けれども、欲望の起きている瞬間は(賢明な読者は私の気持を理解して下さることと思うが)おそらくは、そのお勤めには最も不適当な時であろう。どんな種類の仕事にも、私ども以上に平静な心でとりかかるクエイカー教徒は、私ども以上にこうした祝福の前置きの言葉を使用する資格をもっている。私はいつも彼らの沈黙の感謝の祈りに敬服し、その後の食事や飲み物に向かう態度が、私どもよりずっと冷静で淡白なのを見て、いっそう敬服の度を深めるのである。彼らは集まって食事をする場合、大食家でも大酒家でもない。馬が刻んだ乾草をのみこむように、冷やかに静かにこぎれいに食事をする。着物を脂で汚したり、汁をこぼしたりすることはない。私は、町の人がリンネルのナフキンをかけているのを見ても、それを白法衣（サープリス）と想像することはできない。

食物にかけては、私は断じてクエイカー教徒ではない。食物の種類に無関心でないことを告白する。脂ののった鹿の肉片を、冷やかに受けとる気持にはなれない。なにを食べているのか知らないような様子をして鹿肉を鵜呑みにする人を、私は憎む。その人のもっと高尚な物事への趣味を疑う。私は、犢（こうし）のこまぎれが好きだと公言する人には身震いする。食物の好みには、人間の性格が現われる。焼き林檎のデザートを嫌う人に純情の人はない、とはC――(14)の持論である。彼の説が正しくないとは思えない。私は、幼い時代の無邪気さの失われるにつれて、このさっぱりしたご馳走に日ごと食欲のうすれてゆくことを告白する。植物性のものは一切私には味がなくなった。ただアスパラガスだけには執着がある。アスパラガスは今なおやさしい気分をそそりたててくれるような気がする。私は料理のことで失望すると、いらいらして不平を鳴らす。たとえば、なにかおいしいご馳走を予想して食事時に家に帰ってみると、待っているのは全く味も風味もない食事だったりした場合だ。バターの溶けぐあいの悪いのは――ごくありふれた台所の失敗だが――気分の調子をこわす。――「漫歩者（ランブラー）」(15)の作者は気にいった食物に向かうと、いつも獣のようなえたいのしれぬ声をだしたものである。これが、感謝の祈りにつづくにふさわしい音楽であったであろうか。それとも、信心ぶかい人なのだから、もっと心静かに祝福が念頭に浮かぶ時期まで、お祈りを延ばした方がよくはなかったであろうか。私は、なに人の趣味に対しても争う気持はなく、酒宴饗宴それぞれそれなりに結構なものに、私の痩せ顔をふりむけて、禁欲主義者面をしようとは思わない。けれども、こうしたお勤めがいかに結構であるにしても、それ自体には優美さも優雅さもほとんどないのであるから、お勤めをもったいなく思ってお祈りにはいる前に、一方ではお祈りをするような恰好をしながら、一方では、眼前に脂っこいスープ鉢のほかには何の特別な浄めの神のみ櫃（はこ）もないこととて、大きな魚――魚神ダゴン(16)――に向かって、己が手にキスをしてはいないと確信がもてるかどうか。感謝の祈りは、天使たちや幼児たちの饗宴には――カルトジオ会修道院(17)の草根、その他更にきびしい食事には――貧しく賤しい人の、乏しいながらも厚い感謝の捧げられる粗餐には――美しい序曲である。けれども、飽食の輩（やから）や贅沢三昧の徒の山とつまれた食卓にあっては、感謝の祈りは、調子外れで、子供たちが話に聞いている、ホッグズ・ノートン(18)であったという話の、豚の弾くオルガンの騒々しい音にもまして時と所をえぬものに思われるのだ。私どもは、あまり長時間食卓に向かって坐り、食物の品定めにあまり好奇心を動かし、食事にとりかかるにあまりに心乱れ、ご馳走（もっと粗末でしかるべきなのに）を我が物としてあまりに多く独占しているので、そのために品よく感謝の祈りの言葉が言えなくなるのだ。分をこえて手に入れたものに対し感謝することは、不正に加うるに偽善をもってするのである。これを真実と思う心がひそんでいるがために、たいていの食卓で、この義務の履行は、ひどく熱のない魂のぬけたお勤めになっているのである。感謝の祈りがナプキンと同様に不可欠のものになっている家々では、誰がお祈りの言葉を唱えるかについて、いつも問題になって容易に決せぬのは、だれもよく見かけるところであろう。ところで、一方では家の主人や客なる牧師、さては年輩からみて貫禄からいって、おそらくそれについでの有力な他の客が、得体のしれぬ勤めのこの厄介な重荷を、それぞれ自分の肩から他に移そうとする気がないでもないらしく、儀礼上のこととして、この役目を互いに譲りあっているのである。

以前、私は教派を異にするメソディスト教会の牧師二人とお茶を飲んだことがあったが、その晩はじめてお互いを紹介するのが私の役目であった。最初のコップが廻らないうちに、牧師の一人が、いとおごそかに、なにか申されることはありませぬかと、他の牧師にたずねた。ある教派の人たちの間では、このていどの食事の前にも、短いお祈りを捧げるのが習慣らしいのである。相手の牧師は、最初はその言葉の意味がさっぱり分らなかったが、説明をきくと、前者に劣らぬ勿体ぶった調子で、私の教会では聞いたことのない習慣です、と返答した。鄭重にそう逃げられたので、一方の牧師は、礼儀の上でゆずったものか、道心のうすい仲間の言葉をもっともと思ったものか、この補足的なお茶への感謝の祈りは全く省略せられた。ルキアノス[19]は、自分の宗派の僧侶二人が、神に犠牲を捧げないで互いに譲りあっている——その間、空腹の神は、自分のものになるはずの犠牲の香をあやうく思い、二人の祭司の上に期待の鼻孔をうごめかし、結局は（一にも二にもならないで）夕食なしで立ち去ってゆくところを描いているが、十分意あってのことであろう。

　祈りを捧げる場合、祈りの形式の短いのは敬神の念に欠けている感じがし、長いのは場ちがいの非難を免れないと思う。言葉を表裏二重の意味に使いわけることの上手な、あの剽軽者のC・V・L[20]（私の愉快な学校友達である）は、感謝の祈りをしつこくせがまれると、まず食卓を流し目にそっと窺って、「この席に牧師さんはいらっしゃいませんか」とたずね、意味深重に、「神に謝す（サンク・ゴッド）」[21]と付け加えるのが慣わしであったが、この奇抜な簡潔さも感心できない。かといって、いつも私どもが貧しいパンとチーズの夕食の前置きにしていた、私どもの学校[22]の古い形式も、あまり適当とは思わない。あのお粗末なご馳走を宗教心が与えられるかぎりの、畏しとも畏ききわみの感謝の念に結びつけた前置きなのだ。かかることの持ち出さるべき時にあらずである[23]。覚えているが、私どもは、祝福の基礎となっている「結構な物（グッド・クリーチャーズ）」[24]という言葉と、目前に並んでいるご馳走とを結びつけかねて、故意にその言葉を低級な動物的な意味にとったのであった——やがて、ある男が言い伝えを思いだしたのであるが、それによると、クライスト学院の黄金時代には、若い学生たちは毎晩の食卓に、煙の立っている焼肉の輪切りをだされたものであったが、後にある敬虔な学校の後援者が、生徒たちの味覚よりは品位を心配して、肉を着物にふりかえて、私どもに——思いだしてもぞっとする[25]——羊肉のかわりにズボンをくれたという次第なのである。

（一八二一年十一月「ロンドン・マガジィーン」所載）

〔解説〕

この篇も、前の「除夜」と同様、「健全なる宗教心の欠如」せるものとして、サウジイから非難をうけたものである。この非難に対して、ラムはこう答えている——

おそらく、「感謝の祈り」の一文は厭わしきものと思し召されたことでしょう。私は、あの文章では、自ら進んでの勤行——その場にふさわしい、私の記憶にあるような、文字通り強制的では決してない——を、下品な形式主義の譏(そし)りから救おうと務めたのです。正しく読んでいただければ、あの一文は、祈りへの抗議ではなくて、ほんとうの祈りの心の欠如への抗議なのです。儀式への抗議ではなくて、儀式の行われる際にしばしば見られる不注意とだらしなさへの抗議なのです。

なお、ラムの随筆の愛読者であった、ワーズワースの妹ドロシイも、この一篇だけはどうしても「好きになれない」といっているが、それは、ラムのパラドクシカルな筆をあまりにも真正面(まとも)にうけすぎたためではなかろうか。

幻の子供たち——夢物語

子供というものは、目上の人たちの子供時分の物語を聞きたがるものである。想像の翼をひろげて、一度も見たことのない、話にだけ聞いている大伯父とか、お祖母さんのことを心に描いてみたがるものである。先夜、私の子供たちが、彼らの曾祖母のフィールド[1]のことを聞きたがって、私のまわりに集まってきたのも、こうした気持からであった。曾祖母は、ノーフォーク[2]のさる大きなお屋敷（子供たちや父親(ババ)の住んでいる家よりは百倍も大きな）に住んでいて、そこは——少なくも、その辺では一般にそう信じられているのだが——「森の子供たち」[3]という民謡(バラッド)で、子供たちが最近なじみになっている、あの悲劇的な事件の現場であった。子供たちと、非道なその伯父との物語全部が、駒鳥[4]の件(くだり)まで、あますところなく、大広間の炉棚の上の板にくっきりと彫りだされているのが見られたことは確かである。その後、さる馬鹿な金持ちがそれを取りのけて、その代りに、物語なにひとつ彫りつけてない、当世好みの大理石の品をとりつけたのであった。ここのところで、アリスは、咎めだてをしているというにはあまりにやさしすぎる、その子の懐しの母親そっくりの顔をした。それから、私は話をつづけて、曾祖母のフィールドが、たいへん信心ぶかくて気立てのよい人であったこと、じつはその大きなお屋敷の女主人ではなく、その持主からまかされて、ただその世話をしているにすぎなかったのだが（とはいっても、いろんな点で、その家の女主人といっても差し支えはないのだが）、誰からも愛され尊敬されていたこと、そのお屋敷の持主というのは、どこか近くの郡に買い求めた、ずっと新しい、ずっと当世風のお屋敷の方を好んでそちらに住んでいた。それでも、曾祖母は、まるで自分の持家といった風にそこに住み、存命中はまがりなりにも大家の体面を保っていたこと、その後、お屋敷は荒れはててしまって、ほとんど取りこわされ、古い飾りつけはすっかり剝ぎとられて、持主の新宅に運び去られ、そこに取りつけられたのであったが、その不調和さといったら、お前たちが、ついさきごろ、ウェストミンスターのお寺で見かけた古びた墓石を、誰かが運んでいって、C夫人のけばけばしい金ぴかの客間に据えつけたかのようであった、と話した。すると、ジョンは、「そんなことをするなんて、ほんとうにお馬鹿さんだ」と言わんばかりに、にやりと笑った。それから、私は、曾祖母がとうとう亡くなったとき、そのお葬式には、幾マイル四方の近在の貧しい人たちのことごとくが群をなして、それに加えて、身分のある人たちも、あるていど参列し、曾祖母の霊に追悼の意を表したが、それというのも、曾祖母がたいへん気立てがよくて、信心ぶかい人であったからこそで、その気立てのよさというものは、祈禱書の詩篇はのこらず、どころか、聖書の大部分を暗誦していたほどであった、と話した。すると、可愛いアリスは、まあというふうに両手をひろげた。それから、曾祖母のフィールドは、昔は背の高い、すらりとした、姿の美しい人であったこと、若いころには一番の踊りの名手とうたわれたこと――すると、アリスの可愛い右足は、思わず拍子をとりはじめたが、私がこわい顔をしているのを見ると、足音はやんでしまった――私は、郡で一番の踊りの名手と話すつもりであったのだ。が、とうとう癌というおそろしい病気にとりつかれ、その痛みのために、身体は曲がってしまったけれども、その元気だけは、決して曲げられることもなく、撓められることもなく、昔どおりにすくすくとしていた、というのも気立てがよくて信心ぶかければこそであった、と話した。それから、曾祖母は、この大きなさびしいお屋敷のさびしい部屋に、いつもただ一人で寝たこと、そして、二人の幼児の幽霊が、真夜中に、曾祖母の寝ている近くの大きな階段を、スーッと上り下りするのを、たしかに見たと信じてはいたのだが、「あんな罪のない子供たちが、私をどうするものでしょう」と言ったこと、そのころ、私は女中といっしょに寝ていたけれど、曾祖母の半分も心がけがよくもなく、信心ぶかくもないので、いつもびくびくしていたこと――けれども、ついぞ幼児たちを見たことはなかった、と話した。すると、ジョンは、両眉をぐっとつりあげて、強がってみせた。それから、私は、曾祖母は孫たちには誰にもたいへん親切で、休日には、その大きなお屋敷によんでくれたこと、とりわけ、私は、そこでいつもただ一人、ローマの皇帝たちであった十二人のシーザーの古びた半身像にじっと見いって幾時間を過ごし、はてはその古い大理石の頭が生き返ってくるように思われたり、また、自分がそれらともども大理石になってしまいそうに思われたりしたこと、すりきれた窓掛けや、ぱたぱたしている帷帳(とばり)や、鍍金(めっき)のほとんど剝げおちた、彫刻のしてある槲(オーク)の鏡板をめぐらした、広いがらんとした部屋のいくつもある大きなお屋敷を歩きまわり——また、あるときは、広い古風な庭園を、ときおり独りぼっちの庭師と行きあうほか、ほとんど我が物顔に歩きまわって疲れをしらなかったこと——それから、ネクタリンや桃が塀に垂れさがってはいたが、禁断の木の実なので、たまさかのほか、もぎ取ろうとしたことのなかったこと——それというのも、私は、陰気な風情の水松(いちい)の古木、さては樅(もみ)の木の間を逍遥し、見るほかにはなんの取り柄もない木の実や樅の実をとったり——庭園の一切のかぐわしい香りに包まれて、青草の上に寝ころんだり——オレンジの温室のなかで日向ぼっこをして、はては、あの快い温気のなかで、オレンジやライムともども、自分も熟してゆくのではないかと思ったり——庭の奥手にある養魚池(いけ)のなかを、あちらこちらと矢のように泳ぐウグイや、その無遠慮な跳ねまわりを嘲けるかのように、ここかしこ水の中ほどに、じっとしている大きな仏頂面のカマスを眺めたり——こうした肉体は使わないで眼の忙しい慰みのほうが、桃やネクタリンやオレンジや、その他ありふれた類の子供を釣りよせる食物のおいしい味よりも、はるかに楽しかったからであると話した。すると、ジョンは、アリスにも気づかれていたので、二人でわけあうつもりでいた一房の葡萄を、そっと皿の上に置き返したが、ここ暫くは無関係なものとして、二人ながら進んで葡萄をあきらめる気持になった風であった。それから、私はやや調子を高めて、曾祖母は孫たちをみんな可愛がりはしたが、お前たちの伯父さんのジョン・L――[5]を、とりわけ可愛がったと言ってもよいであろう、というのは、伯父さんは非常に美しく元気のある青年で、他の者には王様格であったのだ。そして、私どものなかのある者のように、隅ッこでただ一人しょんぼりしていたりすることはなく、お前たちと同じ悪戯小僧の年ごろには、手に入るかぎり一番の荒馬に跨って、朝のうちに郡の半分以上も乗りまわし、狩猟の人たちの姿が見えれば、その仲間に加わったものであった――それでも、伯父さんは、その古い大きなお屋敷も庭園も好きではあったのだが、あまりに元気がありすぎて、いつも屋敷内に閉じこもっているわけにはいかなかったのである――そして、伯父さんが成人したときには、美しいばかりか凛々しくもあったので、すべての人の、とりわけ、曾祖母のフィールドの賞讃するところとなったこと、少年のころ私が跛足をひき、痛みのため歩けなかったときには、彼はいつも幾マイルも私をおぶって歩いてくれたこと――私とはかなり年の開きがあったので――後年、伯父さんもまた跛足になったが、いらいらして痛がっているときに、(おそらくは)私は必ずしも十分に思いやりもなく、また、私が跛足になっていたときに、伯父さんがどれほど親切にしてくれたかということも、十分に思い出しもしなかったこと、また、伯父さんの亡くなったとき、死んでまだ一時間とたたないのに、もうよほど以前の出来事のように思われたが、生死の間には、こうも隔りがあるのだ、それから、初めのうちは、私は伯父さんの死をかなりよくこらえたと、自分でも思うほどであったが、後には、そのことがしじゅう心につきまとって離れず、ある人たちのするように、また私は思うのだが、私が死んだとしたならば、伯父さんがやるだろうように、泣きもせねば、悲嘆にくれることもなかったが、それでも、伯父さんのいないことが終日さみしく、その時になってはじめて、どれほど自分がこの伯父さんを愛していたかに気がついたということを話した。いまさらその親切が恋しく、その意地悪さが懐しく、このまま別れてしまうよりは、もう一度生き返ってきてくれて、言い争いがしてみたい（ときどき二人は言い争いをしたのだから）と願った、そして、伯父さんを失った私の心細さは、ちょうど伯父さんが、可哀想にお医者さまに脚を切りとられたときの心細さのようであった、と話した。すると、子供たちはわっと泣きだして、自分たちの着けている小さな喪章は、さてはジョン伯父さんのためのものでしたかとたずね、顔をあげて、伯父さんの話はもうやめにして、亡くなった美しいお母さんのお話をなにかして下さいと願った。それで、私は、七年の長きにわたって、ときには希望をもち、ときには失望しながらも、たえず根気よく、美しいアリス・W――n⑥に求愛したことを話し、そして、子供たちの理解できるていどに、はにかんだり、そっけなくしたり、断ってみたりする娘心というものを説明した――そのとき、ふとアリスの方をふり向くと、母親のアリスの霊魂が、そっくりそのまま娘のまなざしに現われていたので、私の前に立っているのは二人のうちのどちらなのか、その明るい髪の毛の持主はだれなのか、分らなくなってきた。そして、私が立ちあがってじっと見つめているうちに、私の目に二人の子供の姿はしだいに薄れ、後じさりし、なおも後じさりし、はては、はるか遥かの彼方に、ただ一つの悲しげな面ざしが見えるばかりであった。そして、言葉もないのに、ふしぎとこんな風に言っているように思えるのだった。「私たちは、アリスの子供でもなければ、あなたの子供でもありません。いえ、子供でもなんでもないのです。アリスの子供たちは、バートラム(7)をお父さんと呼んでいます。私たちは空(くう)なのです。そう言うにさえあたらないものなのです。幻なのです。ひょっとすると生まれでたかもしれないものなのです。肉体を具えて、名前をもつまでには、退屈なレーテ河(8)の岸辺で、何百万年も待っていなければならないのです」――とたんに目をさますと、私は独身者(ひとり)の肱掛椅子に静かに腰をおろして、相も変らず忠実なブリジェット(9)をそばにして、ぐっすり眠っていたのであった――けれども、ジョン・L(即ちジェイムズ・エリア)は、永遠に逝いて帰らぬのだ。

〔解説〕

『エリア随筆』中、最高傑作の一つとして定評のある作品、前年の秋十月この世を去った兄ジョンの追悼の文である。つとに両親を失い、妻なく子なく、残る近親とては狂気の発作をもつ姉のメアリイと兄ジョンの二人のみ、その兄を失ってのひしひしと身にしみる孤独感から、もし若き日に恋人アン・シモンズと結婚していたとすれば、生まれてきておったかもしれない二人の子供と夢の中に戯れるのである。

煙突掃除人の讃

私は、煙突掃除人に行き会うのが好きである――分っていただけますね――大人の掃除人ではなくて――大人の掃除人では話にならない――初めてつけた煤の汚れのなかから、花咲くような顔を覗かせ、母の洗い清めた色艶のあとのまだその頬に残っている、あのいたいけな少年掃除人――夜明けとともに、いえ、それよりも早く姿をあらわして、雛雀のピーピーと鳴く音にも似て、「煤払いましょう（スウィープ）、煤払いましょう（スウィープ）」と、可愛らしい商売の声を響かせてゆく連中を言うのである。日の出に先んじて空高く登ってゆくのも珍しくないのだから、朝の雲雀に似ているといった方がいいだろうか。

こうした煤けた点――哀れな汚れ――無邪気な黒さ――を、私は心からいとおしく思うのだ。

私は、アフリカ人のような、この国生まれの少年を尊敬する――なんの気どりもなく墨染の衣を身にまとい、師走の朝の身を切るような大気の中に、小さな説教壇（煙突の天辺）から人間どもに向かって忍耐の教訓を説く、これら僧侶まがいの小僧さんたちを。

幼いころには、誰にしたって、この連中の仕事を見ることは、なんと不思議な楽しみだったことであろう。自分と同じくらいの身体の小僧ッ児が、どんな道順を通ってかは分らないが、地獄の入口とも思われるような所へはいってゆくのを見ることは――数しれぬ真暗な息のつまりそうな洞窟を、恐ろしい冥土を、手まさぐり進んでゆく少年の姿を、想像の中で追ってゆくことは――「道に踏み迷って、あの子の姿は、きっともう二度とは見られまい」と考えては、ぞっと身慄いし――日の光が見つかったとてあげる微かな叫び声を聞いては蘇生の思いをし――それから、(全くもう大喜びで)戸外に駈けだして、折しもちょうど真黒な物の怪が無事に姿をあらわして、占領した城砦の上にひるがえる旗のように、商売用の武器の大ブラッシを誇らかにうち振るのを見ることは、なんと不思議な喜びだったことであろう。悪い掃除人が、ブラッシを持ったまま煙突におきざりにされて、風の吹く方向を示す役目をさせられたということを、私は以前話に聞いたように覚えている。「王冠をいただける幼児の亡霊、手に木を持ちてあらわる」[1]とある、あの『マクベス』中の古舞台のト書きそっくりに、さだめしもの凄い状景だったことであろう。

読者よ、早朝の散歩に、これら少年紳士にお会いのせつ、一ペニー恵んでやっていただければまことに結構。二ペンスならば、さらに結構。もし寒気きびしく、辛い仕事の本来の苦労の上に、(きまってつきものの)両踵のあかぎれが付け加わるならば、慈悲心は動いて、きっと六ペンスと値上りすることであろう。

ササフラス(2)という名の甘い木が主成分となっていると思われる、ある混合飲料がある。この木は、煮つめると一種の茶となり、ミルクと砂糖をいれて和げると、人によっては、中国茶以上に風味があるという。あなたのお口に合うかどうかは、私には分らない。私としては、ずっと古い昔から、ブリッジ街のすぐ近く、フリート街の南側に、この「滋養分のある気持のいい飲料」を売る目的で、遠い昔から店を開いている（ロンドンにはただ一軒と店主の言っている）――唯一のサループを売る店――賢明なリード氏にはあらゆる尊敬を払いながらも、私は彼の自慢の飲料の器に、ついぞまだ一度も私自身の唇をつけてみる勇気がもてないのだ――前もって鼻にプンとくる匂いが、当然の礼儀のかぎりはつくしても、私の胃の腑が絶対にそれを受けつけないことを、たえず私に耳うちするので。けれども、他の面で十分に食道楽の修業をつんだ美食家連が、それを貪るように飲んでいるのを見たことがある。

口の作りがどんな風にぴったりしてかは知らないが、この混合飲料が、驚くほどに少年煙突掃除人の味覚を満足させることに、私はいつも気づいている――油質の分子（ササフラスには少々油気がある）が、まだ雛鳥（ひよっこ）の職人の上顎についているのが、（よくよく吟味してみると）ときおり見うけられる、あの煤の塊をうすめ和げるのか、あるいはまた、自然の女神がこれら未熟の犠牲の運命に、あまりにもにがよもぎをまぜすぎたと気がついて、甘い緩和剤としてササフラスを大地から成長させたものか——それはともかく、少年煙突掃除人の味覚嗅覚には、どんな味どんな香も、この混合飲料に比肩し得るほどの微妙な興奮を与えることはできないらしい。無一文ではあっても、せめては嗅覚だけなりと満足させようと、うち見たところ、家庭の動物——猫——が、新しくでたかのこそうの小枝を見てごろごろ咽喉を鳴らせるときほどに喜んで、少年たちは立ちのぼる湯気の上に真黒な頭をさしだすのである。こうした共感の中には、学問で説明のできないものがあるのだ。

さて、リード氏が、自分の家が唯一軒のサループの店であると誇っているのはもっともなことながら、ご承知おき願いたいのは、読者よ——もし、あなたが早寝をなさるかたならば、おそらくこの事実をご存じないであろうが——彼の商売仲間に、屋台で、また、青天井の下で、ひっそりとした夜明けどきに、賤しい客を相手に、同じ風味のある飲物を商う、勤勉な模倣者のあることである。その時刻には、（極端と極端とは相会するとやらで）夜遊びの酒杯を捨てて、千鳥足で家路に向う遊治郎と、寝床をあとに、その日の早仕事にとりかかろうとする硬い手をした職人とが、舗道の内側を求めて押しあい、たいていの場合、遊治郎の明らかな当惑顔を見ることになるのである。夏ならば、台所の火をおとして、新しく火を起こすにはまだ間のある、美しい首都の下水が、鼻もちならぬ臭気を発散する時刻なのだ。もっと有りがたいコーヒーに、宵ごしの毒気を消そうとする遊治郎は、道すがら、ササフラスの不快な臭気に、悪罵の言葉を投げかける。けれど、職人は、足をとめてそれを味わい、香しい朝食に感謝の言葉を捧げるのだ。

これが、サループなのである——早起きの薬草売りの女の大好物——夜明けまでに、ハマースミス(3)からコヴェント・ガーデン(4)の有名な市場まで、まだ水気のたっている、とりたてのキャベツを運ぶ早出の野菜作りの喜ぶもの——恐らくは、望んで得られぬことの方が多いのではないかと案じられるのだが、一文なしの煙突掃除人の好物なのである。煤けた顔を、おいしそうな湯気の上につきだしている、そうした煙突掃除人にお会いのこともあらば、なみなみと一杯ご馳走してやっていただきたい（三ペニー半ていどの散財にしかすぎないのだ）。それに、おいしいバター付きのパン一片（もう半ペニーの散財だ）を——そうなれば、あなたのお家の台所の炉は、つまらない連中にご馳走をしたがために、やけに積った煤もきれいに払いのけられ、軽やかな煙を大空に巻きあげることであろう——そうなれば、上から落ちてくる煤のために、お金のかかった、みごとに調合したスープを汚すこともないであろう——また、煙突が火事と、あの不愉快な叫び声が、たちまちのうちに街から街へとつたわって、隣接の十の教区から、蒸気ポンプが、がらがらごろごろと駆けつけて、ほんの一寸した火花のために、あなたの心の平和が破られ、懐がいためられることもないであろう。

弥次馬の嘲笑とか毒舌。紳士がたまたま足をすくわれたとか、靴下に泥がはねあがったとかいって、その手合があげる下品な凱歌。そうした街路上の侮辱に、私は、生来極度に敏感である。

ところが、少年煙突掃除人の冗談となると、単に許すという気持以上のもので、がまんできるのである。——一昨年の冬のこと、西の方へ歩いているとき、例の如くにせかせかチープサイドを通っていると、思わず足をすべらせて、あッという間もなく、仰向けに転んでしまった。痛いやら恥しいやらで——けれども、外面ではなに事もなかったように、つとめて平気な顔をよそおって——起きあがった——そのとき、こうした若い才人連の一人の、いたずららしく、にたにた笑う顔が私を待っていた。うすよごれた指で、弥次馬や、特に一人の貧しい婦人（母親なのであろう）に、私を指しながら、立っているのだ。おかしくてたまらない（と考えたのである）らしく、涙は、その憐れな赤い両眼のすみに滲みでていたが、これまでのたび重なる涙と、煤のための炎症で真赤になっていた目は、淋しさの中からかすめとった喜びで、きらきらと輝いていたので、ホガース(5)ならば——いえ、（彼がどうして見逃すものぞ）ホガースは「フィンチリイの行進(6)」の中で、パイ売りをにたにた笑っている少年掃除人を、すでに画材に捕えているのである——そのおかしみが、いつまでもつづくものかのように、画中の少年さながらに、じっと身動きもしないで、彼はそこにつっ立っているのだ——笑い興じても、ただもう大喜びをするばかりで、なんの底意ももたないで——純真な煙突掃除人の笑いには、悪意はみじんもないのだ——だから、紳士の沽券にかかわらないものならば、私はよろこんで、真夜中までも、彼の嘲笑愚弄の的になっていたことであろう。

理屈の上では、私は、いわゆる美しい歯並びというものに魅力を感じない。一対の紅唇（ご婦人方にはお許しを願って）は、おそらくは、かかる宝石を蔵している小箱であろう。けれども、できるだけ「見せびらかさ」ないよう、出し惜しみさるべきものと思う。美しいご婦人、りっぱな殿方が、歯をお見せになることは、骨をお見せになることである。けれど、ありていに申せば、真の煙突掃除人の口から、（たとえばこれみよがしにしても）あの白い、きらきら光る歯を見せられると、作法はずれではあっても、気持がよく、これも一種のおしゃれと許す気にもなれるのだ。これは、

　黒き雲
　その白銀の裏を夜の上にうち返す[7]

ときに似た感じである。それは、まだ全くは消え失せぬ良家の出の名残とも思われる。華やかなりし印とも、高貴の生まれの暗示とも――そして、まさしく、よるべない変装の身の、ぬば玉の闇と重なる夜の黒い姿の下には、見失われた祖先、消えうせた系図につらなる素姓のよさと、身分の高さがひそんでいるのだ。これらいたいけな犠牲者が、早くから弟子入りをする制度が、おそらくは、年端もゆかぬ幼児をこっそり誘拐することを、盛んにしているのではないかと思う。こうした若い接木（つぎき）（と見るほか説明がつかぬ）に往々みうけられる礼儀の正しさや、真の慇懃の

芽生えを見れば、無理じいの養子縁組と察しがつくのである。今日においてさえ、子供を失って嘆いている、身分の高いラケル[8]たちのたくさんいることからでも、この事実が認められる。妖精が子をさらう話は、この悲しむべき真実を、暗に物語っているものであろう。そして、モンタギュー家の若君[9]が親の手もとに帰って来たなどは、再び帰ることのない、望みうすい多くの誘拐の中の、万に一つの幸運の例にすぎないであろう。

二、三年前のこと、アランデル城[10]の貴賓用のベッドの中に――公爵用の天蓋の下に――（ハワード家のその邸は、見物人に珍しがられているが、それは主として数多いベッドのためで、いまはなき公爵は特にその鑑識（めきき）家だったのである）――星のようにきらきら光る宝冠をおりこんだ、美しさをきわめた真紅の帳にかこまれて――ヴィーナスが、アスカニオス[11]を寝かせた膝よりも白く柔らかな敷布の中にくるまって――手をつくしての捜査もむなしかった行方不明の煙突掃除人が、真昼どき、ぐっすり眠っているのが偶然にも発見されたのだった。この小僧さんは、この家の堂々たる煙突の曲がりくねった迷路のなかで道をふみ迷い、見しらぬ孔から、この壮麗な部屋におりてきたのだ。そして、退屈きわまる探検に疲れはてていたので、その場にさしだされた、休めと招くあまい誘惑の手を払いのけることができなくて、それで、こっそりと敷布の間にはいこんで、煤けた頭を枕にのせ、ハワード家の若君よろしく眠ったのだった。

城見物の人たちには、こんなふうに説明されている――けれども、この物語の中には、私が、いましがたちょっと触れておいた事の確証が認められるような気がしてならないのだ。私の考えに誤りがなければ、この場合、身分高く生まれた本能が働いているのである。煙突掃除人といった種類の身分賤しい子供が、どんなに疲れはてているとはいえ、そうすればそうなるものと教えられている処罰を覚悟のうえで、炉辺の敷物なり毛氈ですらも、彼の分をはるかにこえた憩いの場所となることを知りながら、わざわざ公爵のベッドの敷布をひらいて、そのなかにゆうゆうと横たわるなどということがあり得ることだろうか——おたずねしたいのだが、私の主張する大きな自然の力が、彼の心中にあらわれて、この冒険をうながしたのでもなければ、いったいこうしたことがあり得るであろうか。きっと、この若君（それに違いないという気がしてならないのだ）は、十分に意識はしなくとも、彼がそこに見いだしたのと全く同じような敷布の中に、母や乳母にいつも寝かしつけられていた幼時の身の上の思い出に誘われて、自分の本来のむつきのなか、安息の場所へはいもどるような気持で、その敷布の中へもぐりこんでいったにすぎないのだ——（私のいわゆる）先在意識の理論によるほか、そして事実、その方法以外では、このいたいけな、けれど見さかいのない眠り坊主の、大胆きわまる無作法な行為は説明できない。

　しゃれっけのある私の友人ジェム・ホワイトは、この種の身分上の変化は往々おこるものという信念に心動かされて、いくぶんなりと、これらあわれな換え児の運命のいたずらを、もとにもどしてやりたいと思い、毎年一度煙突掃除人の慰安会をひらき、その席上、主人役やら接待役やらをつとめることを楽しみにしていた。これは壮厳な晩餐会で、年々セント・バーソロミュー[12]の定期市が廻りくるごとに、スミスフィールド[13]で行われた。会の一週間前に、首都やその近郊の煙突掃除人の親方の所へ、招待状が発送されるが、招待されるのは若い小僧連だけであった。ときおり、かなり年配の若い衆がまぎれこんでくることもあったが、好意的に見て見ぬふりをした。とにかく、主力は子供部隊であった。汚れた着物をたよりに、この宴席にはいりこんでは来たものの、証拠の品々から、やがて煙突掃除人でないことが、みんごと露見して（黒きもの必ずしも煤にあらずである）[14]、式服をつけないで婚礼の式に臨んだように、一同の憤激を買い、その場からほうり出されたような不運な男もあった。けれども、たいていは、この上もない和気が漂っているのだった。選ばれた場所は、市の北側の家畜置場の中の便利な地点で、あの虚栄の市の楽しそうなざわめきの耳に入らぬほど遠くではなく、さりとて、その市を歩いている、口を大きく開いた見物人の一人一人の目について、邪魔のはいることのないほどには、かけ離れていた。お客さんたちは七時ころに集まった。まにあわせの客間には、丈夫ではあるが、さして美しくないテーブル掛けのかかった三つの食卓がひろげられ、食卓ごとに美しい女主人が、じゅうじゅうと音をたてているソーセイジの鍋をもって、もてなし役をつとめた。悪童連の鼻孔は、そのよい香にふくらんだ。ジェイムズ・ホワイトは給仕頭として第一の食卓を受けもち、私自身は、盟友バイゴット[15]と共に、たいていい他の二つの食卓づきとなった。ご想像のように、誰が第一の食卓につくかで、おしあいへしあい大騒ぎであった——と申すのは、狂態のかぎりをつくした日のロチェスター[16]にしても、私の友人以上の元気で、その場のご機嫌をとり結ぶことはできなかったであろうから。一同列席の光栄に浴しえたことにたいして紋切型の謝辞を述べた後、彼の開宴式なるものは、「この紳士」を半ば祝福し、半ば呪いながら、ぷりぷりとじれながら立っている、(三人の中でいちばん肥った)老女アーシュラ[17]の脂ぎった腰に抱きついて、その貞節な唇に、やさしい挨拶のしるしをあたえることであった。これを見ると、来客一同は、天も裂けんばかりの歓声をあげ、と同時に、にたにた笑う数百の歯は、その輝きで夜の闇を驚かしたものであった。真黒な若殿輩が、油っこい肉を、それにもまして油っこい主人の言い草もろとも、舌なめずりして食べているのを見るのは——長い片は年長の者にとっておいて、おいしいところをちょっぴり、小さな口にあうように、主人が切ってやっているのを見るのは、——「鳶色にあがるまで、もう一度鍋にもどしたまえ。半生は、紳士の口にすべきものではない」といって、若い無鉄砲の口にあやうくはいりかけているのを、もぎとるのを見るのは——なによりの親ゆずりの財産なのだから、歯をいためないように注意しなければならないと、一同にさとしながら、幼い子供には、この白パンがいいとか、あの皮の重なりあったのがいいと勧めているのを見るのは、——醸造元の名前をあげて、品が悪ければ客がなくなると言いながら、飲む前には口を拭うようにと特に注意したりなどして、まるで本物の葡萄酒ででもあるかのように、軽いビールを、いかにも気どって注いで廻るのを見るのは――実に愉快であった。それから、一同乾杯をした――「王様」のために――「黒衣の人たち」(18)のために――このことを、意味が分ったにしろ、分らなかったにしろ、少年たちは、面白がりうれしがっていた――そして、きまって宴たけなわとなるのであるが、そのときの文句は、「刷毛(ブラッシ)が月桂樹にとって変りますように！」(19)であった。すべてこうした、その他数しれぬ思いつきの言葉――これらは、客人連によって理解せられるというよりは感得されるのであったが――を、彼は食卓の上に立って、「諸君、かくかくのことを申し述べることをお許し願いたい」と、そのたびごとに前置きして喋舌ったものであったが、これが、若い孤児たちにはたいへんな慰安であった。ときおりは、湯気の立っているソーセイジを手あたりしだいにとって、口の中へおしこみながら（こうした席では、堅っくるしいことは禁物である）喋舌るので、これがまた、子供たちにたいへんな人気、この饗宴でいちばんのご馳走というわけである。

　黄金の男児も乙女も
　煤はらう子とひとしく、塵に帰すなり(20)

ジェイムズ・ホワイトは、今や亡く、彼と共に、この晩餐会も姿をけしてすでに久しい。彼は、死にゆくときに、この世界の――少なくも私の世界の――面白さの半分を持ち去ってしまった。昔の定連は、家畜置場の中に彼をさがしもとめる。そして、今は亡き彼の姿をしのび、セント・

バーソロミューの変りはてた饗宴と、永久に帰らぬスミスフィールドの華やかなりし日をかこつのである。

（一八二二年五月「ロンドン・マガジィーン」所載）

〔解説〕

物語によくある蜆売りの少年や、納豆売りの少女の姿が連想されて、まことに哀れふかい。早朝ロンドンの町を「スウィープ、スウィープ」と流して歩く少年煙突掃除人の声は情ある人たちの心をゆすぶったものらしく、ブレイクもこれを題材にした短詩の中で、その声を「ウィープ、ウィープ」（泣きましょう、泣きましょう）と描いている。

当時の煙突の大きさでは、登るにしても穴の中にはいるにしても、少年の方が万事好都合であったろうとは思われる。けれども、そのために少年の誘拐事件は頻発した。そして、これら誘拐された少年、あるいはよるべない孤児、その他の理由で煙突掃除人になった少年たちは、親方に酷使せられ、煙突に登る際に擦り傷をつくったり、まだ冷えきらぬ煙突で火傷をしたり、狭い煙突の中で身動きできなくなったり、泣きの涙の日々を送ったのであった。

ラムが、これら哀れな少年煙突掃除人に深い同情は示しながらも、単に都市の一景物として取り扱っているのはいささか物足りない気がしないでもないが、ラムの筆にそれを求めるのは見当違いかもしれない。

けれども、やがてこの少年虐待は議会の問題として取りあげられた。そして、このエッセイが書かれてから十八年の後、即ち一八四〇年に、この悪制度は廃せられ、その後は煙突掃除の少年の姿は見られなくなった。

豚のロースト談義

友人のM[1]が、親切にも私に読んで説明してくれた、さる中国の写本によると、この世が開けて最初の七万年の間、人間は、今日でもアビシニアでみられるように、生きた獣から、爪でかきとり口で嚙みきりして、生肉を食べたということである。この時代のことは、かの偉大なる孔夫子によって、その著『易経』[2]の第二章の中で、明らかにふれられているが、そこでは、孔夫子は一種の黄金時代のことをチョー・ファン[3]、即ち文字どおりには、「料理人の休日」という言葉でいいあらわしている。写本を更に読み進むと、肉を焼くの術、というよりはむしろ肉を焙(あぶ)るの術(この方が、私は時代が古いと思う)は、次のようなことからして偶然に発見されたものだと書いてある。豚飼いのホー・ティは、ある朝、例の如くに豚の飼料のブナの実を集めるために森に出かけたが、家の番は惣領息子のボー・ボーにまかせておいた。こやつめ、大のの、ろ、まで、その年ごろの少年にはありがちの、火遊びが大好きであったので、火の粉を藁たばの中にとばせてしまった。すると、藁たばは忽ち燃えあがり、火焔はいぶせき邸宅の一面に拡がって、はては灰となってしまった。その小屋（ノアの大洪水以前の、ほんの間にあわせの見すぼらしい小屋とお考え願いたい）ともども、もっともっとたいへんなことには、しめて九頭のみごとな生まれたての一腹の子豚が、焼け死んでしまった。中国の豚というものは、私どもが、ものの本で読んでいる太古の時代から、東洋のいたる所で、珍品として賞翫されていたものである。ボー・ボーは、ご想像のごとく、びっくり仰天した。枯枝の五、六本もあれば、そして、一、二時間も骨をおれば、父親と自分とで、いつ何時でもまた手軽に建ててあげることのできる小屋はよいとして、豚の喪失をいかんせんというわけである。父親になんと言ったものであろうかと考えて、非業の死をとげた一頭の豚の、まだ煙のたっている残骸の上に、もみ手をして悔んでいたとき、これまでに経験しているどんな香ともおよそ異った香が、ぷんと彼の鼻孔をついてきた。この香は、いったいどこから出てくるのであろうか——焼けた小屋からではない——その香ならばすでに経験がある——実際、小屋の火事ならば、決して初めてのことではなく、このいたずらな火遊びずきの若者の不注意から、これまでに幾度かあったことであった。ましてや、その香は、ありふれた薬草とか、雑草とか、花とかの香には似ても似つかぬものであった。と同時に、さき走りの唾液（つばき）が下唇に溢れでた。なんのことだか、彼にはさっぱりわけがわからない。もしや生の徴（しるし）がありはせぬかと、つぎに身をかがめて豚にさわってみた。彼は指を焼いた。それで、指を冷やすために、彼らしくのっそりとした仕草で、指を口にあてがった。焦げた皮のかけらがいくつか、指にくっついて剝げてきた。それで、彼は生まれてはじめて（いや、世界がはじまって以来はじめて、と申すのは、彼より前には誰もそれを知らなかったのだから）、焼けた豚の肉のパリパリした皮の味を知ったのである。あらためて、彼は豚にさわったり、豚をいじったりしてみた。こんどはひどく火傷はしなかったが、それでも一種の癖から、また指をなめた。やっと彼のにぶい頭にも、そんな香のするのは豚である、あんなになんともいえぬ味のするのは豚である、ということが分ってきた。それで、このはじめての経験の快楽に心を奪われて、彼はもう夢中になって、両手にいっぱい、すぐ下に肉のついた焦げた皮をさきとって、獣のように咽喉につめこんでいた。ところへ、彼の父親は、手にせっかんの棒をもち、いぶる桷（たるき）をかきわけてもどってきて、ことのしだいを見てとると、このろくでなしの若者の肩に、霰のように矢つぎ早に、打撃の雨を降らせはじめた。それを、ボー・ボーは、蠅がとまったほどにも気にしなかった。下腹のあたりに感ずるくすぐったい快楽のゆえに、はるかの方の不愉快など、てんで感じなかったのである。父親がいくらぶってみたところで、彼を豚から引き離すことができるものではない。そのうちに、彼は豚をきれいに平らげてしまい、さてそうなると、自分の立場がすこしはっきりしてきて、だいたい次のような対話がはじまった。

「この罰あたりのガキめ！　いったい何を食っていたんだ？　ろくでもない悪戯をして、三度も家をやいてくれりゃあ、たいてい腹がおさまったろうじゃあないか。畜生め！　ところで、おまえは火を食っているらしいな、はて——お前はなにを持っているんだ？　おい」。

「お父さん、豚だよ、豚なんだよ。まあ、来て食ってごらんよ。焼けた豚ってやつは、めっぽううまいもんだて」。

ホー・ティの耳は、恐ろしさでひりひりうずいた。彼は我が子を呪った。そして、こどもあろうに焼けた豚を食うような息子を生んだ我が身を呪った。

朝から、その嗅覚がおそろしく鋭敏になっていたボー・ボーは、まもなく別の豚を掻きだし、きれいに二つにひき裂いた後、小さい方の半分を、力一ぱいホー・ティの手の中におしこみ、あいかわらずの大声で、「食べてみな、食べてみな、焼けた豚をよ。お父さん、ちょっと味をみてみろってば——ほんとうに」——そのような蛮声をあげながら、その間休みなく、息もつまるほどに焼けた豚を咽喉におしこんでいた。

ホー・ティは、自分の息子を、そら恐ろしい若い怪物として、いっそ殺してしまったものかどうかと迷いつつ、このいとわしい物を握っているあいだ、五体をぶるぶる震わせていた。そのとき、焼けた豚の皮は、息子の場合と同様に、彼の指をやき、それで、彼は同じ療法を施したので、こんどは彼が、その風味をいくぶんなりと味わった。いかにしかめっ面をして、人前をつくろってみても、その味はまんざら捨てたものではなかった。結局のところ（このところ写木は少々たいくつなので）親子二人は堂々と会食の席につき、一腹の豚の残りをすっかり平らげてしまうまでは、ついに席を離れなかった。

ボー・ボーは、この秘密をもらさないようにと、かたく命じられた。神のくだしたまわれた結構な生肉に手を加えるなどの考えをおこす厭わしい親子というわけで、近所の人たちは、きっと二人に石を投げて殺してしまいそうであったからである。それにもかかわらず、変な噂がひろまった。近頃は、以前にもまして頻々と、ホー・ティの家が焼けることが分ったのである。この時からというものは、ひっきりなしの火事。昼日中におきることもあれば、夜おきることもあった。子豚の生まれるたびごとに、きまってホー・ティの家は焔に包まれた。更に人目についたことは、ホー・ティ自体が息子を折檻するどころか、これまでになく寛大になったらしいことであった。ついに監視の目がはられ、恐ろしい秘密は露見した。親子は召喚せられて、当時[4]はきわめて小さい巡廻裁判の開かれる町であった北京で、裁きをうけることになった。証拠は提出せられ、例の忌わしい食物も法廷に運ばれ、判決がまさに下されようとした。そのとき、陪審長は、被告がそのゆえに裁きの身となっている焼けた豚をいくらか陪審席に手交されたいと申し出た。陪審長はこれにさわり、他の陪審員の面々も残らずこれにさわった。そして、ボー・ボー親子が以前に経験したのと同様、指をやき、自然の命ずるままに同じ療法を試みたので、あらゆる明白な事実に目をふせ、判事の行った明快きわまる論告をも無視して——全法廷、町の人、他国の人、探訪記者たち、すべてその場にいあわせた人たちの驚いたことに——陪審員たちは、陪審員席を離れもせず、なんら相談らしい相談もせず、満場一致で無罪の判決をくだしたのであった。

裁判官は抜け目のない男で、この明らかに不当な判決を見てみぬふりをした。そして、法廷が閉じられると、ひそかに町に出て、情実と金に訴えて、手に入るかぎりの豚をすっかり買いしめた。四、五日すると、裁判長閣下の町屋敷が燃えた。噂はすぐに広まって、どちらを見ても火事ばかり。その地方一帯にかけて、薪と豚はおそろしい値上りをした。保険会社は、かたっぱしから店をしまった。人々は、日ごとしだいに手軽な家をたて、やがては、かの建築学なるものは、日ならずして地上から姿を消すのではないかと案じられた。こんな風にして家を焼く風習はつづいたが、ついに、ほどなく、ロック(5)のごとき賢人があらわれ、豚の肉は、いや、どんな動物の肉も、それを調理するに、まるまる一軒の家を焼いたりしないでも料理することができる(彼等流にいえば焼くことができる)ということを発見したのであった。このときにはじめて、お粗末な焙器(あぶり)が登場したのである。紐や串を用いて焼くようになったのは、どなたの御代のことであったか忘れたが、一、二世紀たって後のことである。かようにして徐々に、最も有用にして最も明白な技術は人間界にはいってきたのだと、写本は結論を下している。

以上述べた話に深い信用はおかないにしても、かりに家を焼くというような(特に今日のような時代に)危険きわまる試みに価する口実が、料理上の目的のために設けうるものとすれば、その口実なり言訳なりは、豚のローストの場合に見いだし得ることに、なに人も異論ないであろう。

全食物界の美味なるものの数多い中にも、私は、豚のローストを、最も美味なるもの――珍味の王――と主張したいのである。

私の申すのは、あの肥りきった若豚――子豚と親豚の中間のもの――あの青二才豚――ではなくて、幼いいたいけな乳児――生まれて一月とはたたぬ――まだ豚小屋の汚れをしらぬ――始祖より伝来の欠点である、不潔を愛する伝統の汚点のまだあらわれていない――まだ声変りはしないで、子供らしい甲高い声と唸り声の中間といった声――ぶうぶうと鳴く親豚の、やさしい先駆とも序曲ともいうべき鳴き声のものをいうのである。

子豚の料理は、ローストにかぎる。昔の人が、ゆでたり煮たりして食ったことを知らぬではないけれども、それでは、外皮の美味がだいなしだ！

私は、あの歯ぎれのよい、狐色の、よく注意して、ほどよく焼けた、これはまたうまい言葉の豚の焦げ皮（クラックリング）の風味に及ぶ風味はないと思う――歯自体も、この饗宴では、かすかな脆い抵抗と戦うので、珍味を味わう喜びの席に連っている――その歯ごたえは、ねばっこい脂のせいなのだが――脂身といっては言葉がすぎる――脂身になりかかる前の言うにいわれぬうまさ――ふっくらと花咲かんとするときのやわらかな脂身――蕾のうちに摘みとられた脂身――若芽のうちに切りとられた――汚れをしらぬうちに――子豚のまだ清らかな食物の精髄――赤身というか、いえ、だんじて赤味ではなくて、天来の一種のマナ[6]——というよりは、脂身と赤身（やむなくこんな言葉を使うのだが）が、たがいに融けあいからみあって、二つで一つの美肉というか、共通の物質をつくりあげているのである。

見たまえ、子豚の料理されているところを——じっとおとなしくしているところを見ると、熱い火で焙られているというよりは、気持よく暖まっているようである。いともなめらかに紐のまわりをぐるぐるまわって！——さあ、料理ができあがった。あのいたいけな年頃の極度の涙もろさを見ると！　あの可愛い両眼は、熱い涙にとけて流れて——きらきらと輝くゼリイのように——流星のように。

彼の第二の揺籃、皿にもられた子豚を見たまえ——その、やさしい寝姿を！——この汚れない子豚が成長して、とかく親豚に見られがちの、あの粗野な不従順なものになることをお望みであろうか。十に九まで、この子豚は、貪食家、じだらく者、強情な不快な動物になっていたことであろう——ありとあらゆる不潔な行いをほしいままにして——このような罪に陥ることから、幸にも彼は救いあげられたのだ——

　　罪に汚れ、悲しみに色あせぬうち
　　時こそよけれ、死は来りぬ[7]

子豚の思い出はかぐわしい——あくどいベイコンとなって、胃の腑がうけつけぬと百姓から罵言をあびることもなく——湯気のたっているソーセイジとなって、石炭担ぎにぼりぼりと食われることもなく——味のわかる美食家の感謝にみちた胃の腑の中に、みごとな墓所をもつのである——かかる墓所のためならば、満足して死ねるというものであろう。

子豚は美味の最上のものである。パイナップルはすばらしい。これは、実のところ、少々味がよすぎて——罪ではないとしても、それに似た喜びだから、心やさしい人は控えた方がよいであろう——人間の口にするものとしてはあまりにも強烈で、それに近づく唇を傷つけたり刺したりする——恋人同士のように嚙みつくのだ——はげしい気狂じみた喜びなので、苦痛に隣接する喜びである——けれど、その味は口に止って——腹のたしにはならない——それで、腹がへって極度にいやしくなっていると、羊の肉片ととりかえもしようが、もっともなことなのである。

豚は——讃うべきかな——とかく味にけちをつけたがる美食家の舌を満足させもすれば、食欲をそそりもする。元気な人はこれを貪り食い、虚弱な人もかるい豚汁はこばまない。

複雑にからみあって、解きほぐそうとすれば危険のともなう惧れのある、悪徳と美徳とのまじりあって束となっている人間の性格とはことかわり——豚は、全身美味の塊りである。どこをとってみても、味の上下はない。小さい身体のすみずみまで、まんべんなくおいしく食べられるのである。ご馳走のなかで、これほど恨みっこのないものはあるまい。みんなが睦みあって食べられるご馳走である。

私は、わが身に授かるこの世のおいしいものを（この種のことは、私の場合、数多くもないのであるが）、むぞうさに惜しみなく友人に分けあたえるような人間の一人である。私は友人の喜びに、友人の食欲と当然の満足に、わがこと同様関心のもてることを断言する。私のよく言うことだが、「贈り物（Presents）は、遥かなる人（Absents）をしのばせる」ものなのである。ウサギ、キジ、シャコ、シギ、鶏の雛（あの「馴れた家禽」）、去勢鶏、千鳥、猪の肉、樽詰の牡蠣は、人からもらえば、むぞうさに人にわける。いわば、私は、友人の舌をかりて味わうことが好きなのである。けれども、どこかで区切りをつけなければならない。誰にしても、リヤ王のように「なにもかもくれてしまい(8)」はしないであろう。私は、子豚をさかいに踏み止る。特に私の口にあい、いわば私だけの口にあらかじめ運命づけられている神からの授り物を、（友情とかなんとか、その類の口実のかげにかくれて）かるがるしく家から外に追いやることは、世の珍味をくだし賜わる神の恩を知らぬ行為と、私には思われる――これは、鈍感の証拠である。

学校時代に、これに類した事がらで、かるい悔いの残る思い出がある。親切な年老いた私の叔母は、休暇も終って私を手ばなすときには、きっと砂糖菓子やその他おいしいものを、私のポケットに詰めこんでくれたものだが、ある晩、別れぎわに、窯から出したての湯気のたっている乾葡萄いりの菓子をくれた。学校へ帰る途中（学校はロンドン橋の向う側にあった）、白髪頭の老乞食が私に会釈した（今にして思えばニセ乞食に相違ない）。施してやろうにも一銭の持合せもなく、克己心の見栄と、全く作りものの慈善心から、学童らしく——お菓子をすっかり、私は乞食にやってしまったのである。こうした場合の例にもれず、私も、すこし歩く間は、うれしい爽かな自己満足の浮々した気持であった。けれども、橋を渡りきらぬうちに、分別心がよみがえり、今までに見たこともない、ひょっとすると悪人かもしれぬ、見ず知らずの男に、叔母さんからのりっぱな贈り物をやってしまうなんて、あの親切な叔母さんに対して、自分はなんという恩知らずであろうと考えて、私はわっと泣きだしてしまった。それから、叔母さんは、私が——他の人ではなくて、私自身が——叔母さんの作ったおいしいお菓子を食べるだろうと考えて喜んでいるであろうということを、私はふと考え——こんど叔母さんに会ったときには、なんと言ったものであろう——叔母さんのりっぱな贈り物を手ばなすなんて、自分はなんという礼をわきまえぬ人間なんだろう——すると、あの風味のあるお菓子の香りが思いだされ、更には、叔母さんがお菓子を作るのを見ていたときに感じた楽しみや好奇心、窯にお菓子をいれたときの叔母さんの喜び、そして、結局は私の口にはお菓子はただの一片もはいらなかったことを叔母さんはどんなに悲しく思うだろうと考え——私は、施し物をしようなどというがらにもない心、時宜をえぬ親切ごかしの偽善の心を責めたのであったが、とりわけ、あの狡猾な、ろくでなしの、ごま塩頭のカタリ者の老人を、またと再び見ることのないようにと祈った。

私たちの先祖は、これらいたいけな犠牲の屠り方には、なかなかやかましかったものである。今はもうなくなっている他の習慣の話を聞くのと同様、子豚を鞭で打ち殺すという話を読むと、なにかぞっと感ずる。鞭を揮っての訓練の時代は過ぎ去った[9]が、でなければ、若豚の肉のように、もともと柔らかくておいしい物を、いっそう柔らかくおいしくするために、この方法がどれほど効果のあるものか、(専ら学問的な見地に立って)研究することは興味ふかいことであろう。菫（すみれ）を精製するようなものとも思われる。けれども、無慈悲を非難していると、習慣の智恵までもひどく咎めることになるのを注意せねばならない。こうすれば、風味がでてくるかもしれない——

私が、サントメール学院[10]に在学のころ、若い学徒たちが大いに論じ、双方ともに、すばらしい学殖と機智とをもって自説を主張した論題を思いだす。その論題は「鞭うつことによって死にいたらされる豚の風味が、その動物における、吾人の想像しうるいかなる苦痛にもまして、強烈なる美味感を人間の舌頭に加えると仮定したる場合、かかる動物屠殺法を用いることは是認さるるや否や」というのであった。結論は覚えていない。

薬味（ソース）にはぜひ考慮を払っていただかねばならない。パン屑少々と豚の肝臓と脳味噌、それに、ほんの少し味の強くないセージを落して煮つめるにかぎる。けれども、料理方の奥様、お願いですから、ネギの類は一切よせつけないでいただきたい。親豚ならば、あなたのお口にあうように丸焼きにして、ワケギに浸し、香の強いあくどいニラをどっさり山もり詰めこみなさるも結構。

そのために味をそこなう心配も、持味以上にこってりとした味にすることもない――けれど、頭にいれておいていただきたい。子豚はかよわいもの――花なのです。

（一八二二年九月「ロンドン・マガジィーン」所載）

〔解説〕

一八二三年三月十一日付のバーナード・バーン宛の手紙の中に、ラムは「豚を焼くことの発見のアイディアはマニングから得たものである」という意味のことを述べている。ところで、マニングはこの話をどこから拾ってきたかであるが、おそらく彼の中国・チベット旅行の際にではなくて、友人のトマス・テイラーから聞いたものであろう。テイラーは、このエッセイの発表された翌年、ポーフィリイの『ド・アビスティネンシア』の英訳を出版しているが、その中にこれに似た物語があるのである。

こんなせんさくは、このエッセイを味わう上に、なんのたしにもならないであろう。材料を縦横にこなしている料理人ラムのみごとな腕の冴えが、即ちこのエッセイの味である。

H ――シャーのブレイクスムア

どこかりっぱな旧家の邸宅のうらさびれた部屋部屋を、思いのままに歩き廻るほど、心をゆすぶる喜びを、私は知らない。消え失せた華やかさの跡形は、羨望よりは高級な感情の余地を与えてくれる。ひきつづきこの家に住んだにちがいない偉い人たち、りっぱな人たちのことを瞑想すると、いま現にそこに住んでいる人達の騒々しさや、愚かな当代の貴族風の虚栄とは似ても似つかぬ幻影が織りだされるのだ。がらんとした教会にはいるときと、雑踏した教会にはいるときとの感情の相違と同じものが伴うように、私には思えるのである。後者の場合には、おそらくそこに存在する人間的な弱点――聴衆の中の幾人かの上の空の様子とか――説教者に、気どった風や、もっとひどければ、虚飾の気味が感ぜられるとか――が、その場その折に調和しないで、私どもの一番美しい心を奪い去ってしまうであろう。ところで、貴下が神聖の美を知りたいと思われるならば、――週日にただ一人ででかけて、寺男殿から鍵をかり、どこか田舎の教会のひんやりした廊下を歩きたまえ。そこに跪いた信者を——そこに慰藉を見いだした老弱の会衆を——柔和な牧師を——素直な教区の人たちを思い浮かべてみたまえ。心の平和を破るような感情をもたず、矛盾撞着するような対比をしないで、貴下の周りに跪いて泣いている大理石の像と同じく、貴下自身が固着して動かなくなるまで、その場の静けさを吸いこみたまえ。

最近北方に旅行した際に、自分の気持をおさえかね、数マイルがほども傍道(わきみち)をして、幼いころにこんな風な印象をうけていた、さる大きな旧宅(1)の跡を見物した。その家の主人が、最近その家をとりこわしたということは知っていた。けれども、それがすっかり亡くなってしまうわけはない、あれほど堂々とした頑丈なものが、にわかに取りつぶされて、ただの塵や芥になるわけがないと漠然と考えていたのだが、見れば思いもかけぬ姿であった。

破壊作業は全く手早く進んで、二、三週間のとりこわしで、その家は——全く廃墟となってしまったのである。

なにが何だか分らなくなっているのに、私は驚いた。大きな門は、どこに立っていたのであろう？　なにが中庭の境をしていたのであろう？　離れ家は、どのあたりからはじまっていたのであろう？　ただ二、三枚の煉瓦が、あのように堂々と広大であった邸の名残として転がっているばかりであった。

死の神も、これほどには人間の犠牲を縮小はしない。人間を焼いた灰は、その割合からすると、遥かに日方がかかる。

もし私がろくでなしめらの人夫どもが、とりこわし作業をやっているところを見たならば、一枚一枚鏡板のはぎとられる度ごとに、私は奴らに心臓をえぐられる思いがしたことであろう。せめては、あの楽しかった納戸（なんど）の板一枚でも助けてくれるようにと、奴らにどなったことであろう。その部屋の暑い窓腰掛け（ウィンドウ・シート）に腰をおろして、芝生を前にし、きまってここに来て私の周囲をとび廻るただ一匹の地蜂の唸り声や羽音を耳にしながら——夏のたちかえる度ごとに、私の耳に今もそれが聞こえてくる——私は、カウリー(2)を読んだものだった。納戸の板が都合が悪ければ、黄色の部屋の鏡板一枚でも結構だったろうに。

なぜって、その家の板一枚にも、鏡板一枚にも、私にとっては、魔法の力がこもっていたのだ。綴織りの帳をはった寝室——綴織りは絵画よりも遥かに結構なもので——単に腰板の装飾にとどまらず、人間群衆の図を織りだしていて——幼少のころには、掛蒲団をめくって（すぐまた元の位置にもどすのだが）、その帳を時折りちらっと盗み視して、きらきら光るいかめしい顔と一瞬目をあわせ、互いににらみあい、かよわい勇気を試してみたものであった——壁の上は、すっかりオウィディウス(3)の物語で、彼の描写よりも精彩のある色彩であった。ディアーナ(4)の羞恥をなだめかねて、半分角の生えかかったアクタイオーンとか、鰻の皮でもはぐように、落ちつきはらってマルシュアース(5)の皮をはいでいる、いっそうにくにくしい、ほとんど料理人といってもよいほどの日の神殿(フォイボス)[6]の冷静さなど。

それから、あの幽霊のでる部屋——バトル老夫人[7]の亡くなった部屋——そこへ、私は忍び入ったが、いつも昼間のことで、おびえながらも、過去とつながりをもちたいと思う、恐怖まじりのひそかな好奇心にかられてのことであった。——どんな風にして、この部屋は再建されるのであろう？

住む人もない古屋敷ではあったが、住む人のなくなったのは、さして久しい前のことではなく、過去の住人の豪奢の跡は、いたるところにはっきり残っていた。家具はまだそのままであった——子供部屋の色あせた金鍍金(めっき)をした革製の羽子板や、めちゃめちゃになった羽子の羽毛までも。そして、これらの品は、子供たちが昔そこで遊んでいたことを物語っていた。けれども、私の幼時はひとりぼっちで、気のむくままにどの部屋もぶらつき、隅から隅まで知りつくし、いたる所で驚きの目をみはった。

幼時の孤独は、思索の母というよりは、むしろ愛と沈黙と嘆賞の乳母である。当時私はその家に異常な愛情を抱いていたので——口にだすのも恥しいことだが、屋敷から目と鼻との距離のところに——夢ゆたかな湖らしいと思われるものが、半ば木立にかくれてあったけれど、私を家に縛りつける呪文や、その屋敷の厳密な本来の境界から足を踏みだすまいとする私の用心ぶかさはたいへんなものだったので、かの湖は、私にだけは探られることもなく空しく横たわっていた。

そして、後年にいたってはじめて、好奇心が古くからの屋敷への熱愛にうちかち、湖を探ってみて、幼時の未知の湖の正体が、つぶやき流れる小川と知って驚いたのだった。変化に富む景色、広々とした眺望――しかも、家からさして遠くない所にあって――そんな風に話には聞いていたが、――私の楽園(エデン)の境界の外にあるからには、それらのものは、私になんの縁があろう?――散歩に行ってみたいと思うどころか、できうれば、私は、自らの選んだ獄舎の垣根を一層きしっと引きめぐらし、それら人をよせつけぬ庭園の塀の一層安全な帯の中に巻きこまれたく思ったのである。かの庭園を愛した詩人(8)と声をあわせて、叫びもしたかったのである――

我を結べ、なれ忍冬(すいかずら)、なが縺れの中に、
我を捲け、なれ拡ごれる蔓草よ、
なが縛(いましめ)の環をかたく緊めなせ、
我この庭を去りがたきまでに。
されど、汝が足かせの弱きこともあらん、
我、汝が絹の縛めを破らぬさきに、
おお、木いちごよ、なれもまた我に鎖せよ、
さらには、情ふかき野茨よ、我に釘を貫け。

私のここの生活は、まるで淋しいお寺のようなものであった。こぢんまりした炉辺――低い屋根――十フィート四方の客間――粗末な食事や家庭というものにふさわしい一切の質朴さ――こうしたものが、私の生まれの境遇であり――私の植えつけられた健かな土壌であった。けれども、それらのものの愛情ふかい教訓を、私は、いささかも咎めだてする気持はなく、身分の異る世界を瞥見し、幼いときには人の垣根ごしながらも、己が身とは対照的な大家の浮沈をうかがったことを遺憾とは思わない。

良家の生まれの感じをもつためには、良家に生まれる必要があるというものではない。祖先の誇りは、こうるさい祖先という種族のお蔭を蒙らなくとも、もっとも安価な条件で手に入れられるものである。家紋をもたぬ貧しさ故、実家は、紋所のない小部屋の中で、モウブレイ家[9]とか、ド・クリフォード家[10]の系図を、くり返し巻きかえしして頭をひねっているうちに、音に名高いそれらの名前を聞いただけでも、いい気持に興奮して、事実跡目をついでいる人達と同様に浮々として天狗になるかもしれない。どんな身分に生まれたと考えようと、考えることは自由であって、私からその観念を奪い去るために努力する紋章官があるだろうか。彼らの剣で、それが切れるであろうか。拍車[11]のように、切りはなすことができるであろうか。汚された靴下留(ガーター)[12]のように、裂きとられるものであろうか。

もしそうでなければ、大家というものは、私どもにとって何の価値があろう。退屈きわまるその系図や、功績を列記した青銅の記念碑に、なんの面白いところがあろう。彼らの連綿とつづく血の流れも、私どもの血が胸内でそれに応え、彼らの血と同じ水平の高さにまで高まって誇りを感じさせられないとすれば、私どもにとってなんの価値があろう？

もしそうでなければ、ブレイクスムアよ！　お前の壮麗な階段の年ふりた壁にかかった、ぼろぼろに破れ細った紋章楯よ！　幼時私は、なぜあんなにいつも不可思議な絵言葉──予言的な「我れ再び蘇らん」の句を彫りこんだ象徴的な紋章両側の獣[13]──を見つめて立ち、はては百姓の血潮の名残の一滴までも洗い清めて、わが体内に真の生まれのよさを受けいれたのであろうか。朝まず目に入るものはお前であった。そして、夜には寝床へ行く私の足は引きとめられて、眺めているのやら眠っているのやらの一歩の境のところまでゆくのであった。

これこそ、真に生まれをよくする唯一の方法である。藪医者のいいかげんな話の、血液の入れかえではなくて、真正の血液の変化なのである。

一命をなげうって、あのすばらしい戦利品をかち得たのは誰であったか、私は知りもしないし尋ねてもみなかった。けれども、その色あせたぼろぼろの布、蜘蛛の巣に汚れた色彩が、戦利品にまつわる出来事が二世紀の昔であることを物語っていた。

そして、その頃、私の先祖が、リンカーンの丘で、我がものならぬ羊の群を飼育していた名もなき牧羊者であったとしても、それが何であろう？──この嘗ては主筋にあたる名門の紋所を、我がものと主張する熱がいささかでも減じたであろうか――その家の主が、彼の生存中、おそらくあわれな私の羊飼いの先祖にさんざん加えたかと思われる侮辱を、過去にさかのぼって、私は凱歌をあげながら報復しているのである。

そう考えることが、よし僭越であるにしても、この屋敷の持主は少しも不平をいう理由はない。彼らは、ずっと以前に父祖の旧宅を見すてて、新しいつまらない家に引越したのである。それで、私は、空想を高めたり虚栄心を満足させるために、拾いあげることのできる映像をことごとく、思いのままに我が物とすることができたのである。

私が、あの由緒あるW――s家[14]の真の後裔であって、古い廃墟を逃れ去った、この家名を名乗る現在の一家は、それではないのである。

この名門の先祖代々の肖像画の陳列室も、私のものである。その肖像画を見てまわって、頭の中でそれに私自身の家名をつけていると、一人――つづいてまた一人と――画布から身を乗りだして、新しく結ばれた縁戚関係を承認し――にっこり笑っているように思われるのだった。他の肖像は、屋敷内のがらんとしている様を見て、また、立ちのいてしまった子孫のことを考えて、むずかしい顔をしている様子であった。

涼しそうな水色の羊飼いの服装をして、一匹の羊をつれた美女――大きな出窓に隣りあってかかっている――明るい黄色のハーフォードシャー風の頭髪に、淡い空色の目をした――私の恋人アリス[15]にそっくりそのままの！――この女は、まぎれもなくエリア家の者にちがいない――ミルドレッド・エリアでもあろう。

ブレイクスムアよ、モザイクの床をして、十二人のローマの皇帝像――堂々たる大理石の胸像――が周囲にずらりと並んでいる、あの高貴な「大理石の間」も私のものである。それら皇帝像の容貌の中で、私は幼稚な人相見ながら、ネロ[16]の渋面の美しさにいちばん感心したのを覚えている。けれども、好きなのは温厚なガルバ[17]であった。彼らは、死の冷やかさの中にありながらも、不滅の新鮮さをもって、そこに立っていた。

あの天井の高い「裁判の間」も私のものである。その部屋には、嘗ては不運な密猟者や過失を犯した娘の恐怖の的であった、背の高い柳細工の裁判官の椅子があったが――後には、すっかり凄味を失って、今ではそれに蝙蝠が巣くっている。

つぎにあげるものも――私のものでなくして、他の何人のものであろう？　日にやけた南面の壁をめぐらしたぜいたくな果樹園、家から後方へと三段に高くなっている更に広い遊苑、そこここに置かれている今はもう色あせた鉛になってはいるが、風雨の害をまぬがれたここかしこに昔は金色燦然としていたあとの偲ばれる植木鉢、更に後方の青草原、更にその奥には、古風にならって規則正しく植えた樅の林がひろがり、ここは、栗鼠や日がな一日つぶやいている野鳩の棲家で、真中には、男神か女神か知らないが、古ぼけた像が祀ってある。このちっぽけな神様に、私は、アテネや古ローマの子供が、鎮守の森の牧羊神（パン）や森の神（シルヴァヌス）に対する以上に、心からなる祈りを捧げたものであった。

ブレイクスムアの散歩道や、羊腸の径よ！　こうしたことになったのも、私がお前を偶像と崇めるのあまり、私の幼い手にあまりにも熱烈に接吻しすぎたがためであろう？　でないとすれば、私になんの罪があって、お前の楽園に鋤がいれられたのだろう？　人間が死んでも全く死にきってはしまわないように、亡びた家にも一つの希望――また再び蘇ってくる胚種――が残っていはしまいかと、私はときおり考えるのだ。

（一八二四年九月「ロンドン・マガジィーン」所載）

〔解説〕

ブレイクスムアは、正しくはブレイクスウェアである。この地のプラマー家にラムの祖母メアリイ・フィールドが五十年の長きにわたって家政婦を勤めていたことはすでに述べた。

プラマー一家は、この古い屋敷をフィールドにまかせて、すぐ近くのギルストンの新邸に引越し、それと共に例の十二人のローマ皇帝の胸像も、「大理石の間」もそこに移された。そして一七九二年フィールドの死後は荒れるにまかせられていたが、一八二二年には完全にとりこわされてしまった。

ラムは幼時から機会あるごとにこの家を訪れていたので、幼い日の懐しい思い出は一木一草にまで滲みとおっていた。

友人バートンへの手紙の中に、ラムはこんな風に書いている――

君は、古風なお父さんの家の様子を、じつにみごとに書いている。ふしぎなことに、誰もみな、そんな風な場所を思い出にもっている。ぼくの場合はブレイクスウェアだ。

書物と読書についての断想

書物の内容に心をくばるのは、他人の頭脳の促成栽培の植物を楽しむようなものである。さて、素質あり教養ある人ならば、自らの自然の発芽を、大いに楽しめようものをと、私は考える。

『逆戻り』(1)中のフォッピントン卿

私の知己のさる才人は、卿のこのみごとな警句にひどく心を打たれたので、ふっつり読書をやめて、自己の独創性を向上させた。この点の信用を、ある程度失うことは覚悟の上で、ありていに申せば、私は、少なからざる時間を、他人の思考に捧げている。私の生涯を、他人の思索の中に夢とすごしている。私は、他人の心の中に自己を没入することが好きなのだ。私は、歩いていないときには、読書している。坐って考えることはできない。書物が私に代って考えてくれる。

私には、嫌いというものはない。シャフツベリイ[2]も上品にすぎず、ジョナサン・ワイルド[3]も下品にすぎることはない。書物と名のつくものならば、なんでも読むことができる。書物の形をしていて、書物と認められないものがある。

書物でない書物――ビブリア・アビブリア――の中に、私は、宮廷年鑑、紳士録、手帳、装釘して背へ文字をいれた将棋盤、科学論文、暦、法規全書、また、ヒューム[4]、ギボン[5]、ロバートソン[6]、ビーティー[7]、ソーム・ジェニンズ[8]の作品、一般に、「紳士たる者の蔵書に不可欠」とされている一切の書物、即ち、（かの碩学のユダヤ人）フラヴィウス・ヨセフスの史書と、ペイリイ[9]の『道徳哲学』を数える。これらを除けば、私はほとんどなんでも読むことができる。かくも広範囲にわたる、かくも選り好みをしない趣味をもって生まれた身の幸福を、私は神に感謝する。

ありていに申せば、これら書物の衣をまとったものどもが、偽りの聖者、真の廟所の強奪者、聖堂への闖入者よろしく、御本尊をおしのけて、書架の上におさまっているのを見ると、私はむかっとする。みごとな装釘の書物らしきものを、手をのばしてとりおろし、なにか心のなごむ戯曲でもあれかしと念じつつ、さて、「その頁らしきもの」を開いてみれば、はからざりき、気もめいるような『人口論』[10]にめぐりあおうとは。スティール[11]か、ファークワー[12]かと思えば、これはしたり――アダム・スミス[13]。そんないい革の十分の一もあれば、私の震えている二折判に、ぬくぬくと着物をきせかえ、パラケルスス[14]をも一新し、ライムンドゥス・ルルス老[15]も昔の姿に返して、いま一度世間へ出すことができるであろうに、きちんと揃った、愚にもつかぬ百科全書（英国百科全書とか、ロンドン百科全書とか）が、ロシヤ革や、モロッコ革の美装をこらしているのを眺めようとは。私は、こうしたイカサマ師を見ると、きまって、その手合いを裸にし、その分捕品で、我が家のぼろぼろの老武者連を、暖かくしてやりたくなるのである。

背が丈夫で、きちんと装釘のしてあることは、書物の必須条件である。豪華は二の次。これは、そうすることが可能の場合にも、みさかいなしに、どんな種類の書物にも、むやみと施すべきではない。たとえば、雑誌の揃いに盛装させてやる気にはなれない。略装というか、半装というか（背は必ずロシア革にして）、これが、我々雑誌党の衣裳である。（初版本ならば知らぬこと）シェイクスピアや、ミルトンを、派手な衣で飾りたてるとすれば、単に虚飾というもの。そんなものを持っていたとて、なんの名誉にもならない。（もの自体が、ごくありふれたものであるから）それらのものの外見は、奇妙なことを言うようだが、持主に、うれしい気持や、くすぐったいような所有感を湧きおこしはしない。更にいえば、私の持説なのだが、トムソン[16]の『四季の歌』は、少々いたんで、頁の隅の折れているのが、最上の風情である。気むずかしさのために、やさしい心根を忘れないとすれば、「貸本屋」本の古びた『トム・ジョーンズ』[17]や、『ウェイクフィールドの牧師』[18]の汚れた頁や、すりきれた表紙や、いやいや、（ロシア革も及ばぬ）その匂いまでが、真の読書愛好者にとって、どれほど美しいものであろう！　心をおどらせて、その頁をめくった、数しれぬ親指を、どれほど物語っていることか！　更けては夜半に及ぶ長い一日の針仕事の後、眠いところを、やっとがまんして、一時間の暇をぬすみだし、それらの書物のおかげで気も浮きうきと、夢見心地に中身をたどり読みして、いわば忘却の盃の中への如くに、心の憂さを沈めたでもあろう、一人淋しい針女（それとも、女帽子屋か、働き者の婦人服屋）のことを！　もう少し汚れていなかったらと、誰が思おう？　いま少しきれいだったらと、誰が願おう？

ある点からいうと、良い書物であればあるほど、装釘はどうでもいいのである。フィールディング[19]、スモーレット、スターン、その他、そういった種類のたえず新版のでる書物――大自然のステレオタイプ――そうした書物が、一冊一冊亡んでゆくのを見ても、我々は、たいして心残りはしない。その復刻版が、「永遠」であることが分っているからである。けれども、良書であって、しかも稀覯書である場合――個がほとんど種である場合、そして、それが亡びた場合、

再びその光明を点ずべき
プロメテウスの炬火をいずこに求めん[20]――

である。たとえば、夫人によって書かれた、『ニューカースル公爵伝[21]』のごとき書物――このような珠玉を敬い保存するためには、どんな箱も贅沢ではなく、どんな容器も堅牢にすぎることはないのである。

復刻の望まれぬ、この種の稀覯書ばかりではなく、フィリップ・シドニイ卿(22)、テイラー僧正(23)、ミルトンの散文作品、フラー(24)のような作家の古い版——これらの作家は、復刻本もあり、書物も広くゆきわたって、そこここで話題にものぼっているけれども、普及本になるほどには、国民の真情になじまれていないし（また、その見込みも、ありそうにない）——こうした書物は、もちのよい贅沢な表装でもっていたいものである。私は、シェイクスピアの初版の二折判を欲しいとは思わない。むしろ、註がなくて、挿絵いりの、べつに珍しくもない、ロウ・アンド・トンソン版(25)の方を採る。その挿絵は、おそろしく下手なものだが、本文の案内図として、また控え目な心覚え用として役にたつ。それに、本文と張りあおうという気が、なんら見えないので、その気の見える『シェイクスピア画帳(26)』よりも遥かにすぐれている。彼の戯曲に関しては、私は、我が国人と共通の感情をもっていて、さんざんいじくりまわされたような版が、一番好きである——ところが、ボーモント・アンド・フレッチャー(27)となると、二折判以外では読む気になれない。もし、それが、シェイクスピアの現行版のように、広く読まれているとすれば、私は、古版本よりは、現行版のものを選ぶであろう。『憂鬱の解剖(28)』の復刻本ほど、見るもあわれなものはあるまい。なんの必要があって、あの風変りな老偉人の骨を掘りおこし、最新流行の経帷子(きょうかたびら)を着せ、現代人の批判にさらすのであろうか。どんなに商売運のない出版屋にしても、バートンが評判になろうとは、ゆめにも考えはしないであろうに——ストラトフォード教会(29)の寺男に賄賂を使って、シェイクスピアの彩色像を、白く塗りつぶさせた、あの馬鹿なマローン[30]の悪業だって、これほどではあるまい。その像というのは、頬、眼、眉、髪、いつも着ていた着物、こうしたものの色合いの末に至るまで、お粗末ながらも、生き生きと描かれて、教会内に立っていて——たとえ不完全にしても、シェイクスピアの風貌の大略を知りたいと思う人たちの、唯一の信頼しうる拠り所となっていたものである。それを、白ペンキの上衣で、すっかり蔽うてしまったのだ。畜生め、もし私がウォリックシャー[31]の治安判事であったとしたら、いらざるお節介をなし、神を瀆す不逞の輩として、このシェイクスピア註釈者と、寺男とに、私は、手枷足枷を、しっかとはめこんだことであろう。

私には、二人の仕事をやっているところが、目に見えるような気がする——こざかしい墓あらし奴らが。

我が国の幾人かの詩人の名前は、ミルトンやシェイクスピアの名前よりも、耳に——少なくも、私の耳には——快く響き、すがすがしい風味があると白状したならば、気紛れな奴とお考えになるであろうか。ミルトン、シェイクスピアは、日常の茶飲話にあまりにもはやしたてられて、風味がぬけてしまったのであろう。一番美しい名前、口にしただけで香気の漂ってくる名前は、キット・マーロー[32]、ドレイトン[33]、ドラモンド・オヴ・ホーソンデン[34]、それに、カウリイ[35]である。

大いに問題なのは、読書の時と場所とである。食事の用意がちゃんと整う前の五、六分の落ちつかぬ時間に、時間ふさぎのために、『神仙女王（フェアリー・クイーン）[36]』や、アンドルーズ僧正[37]の説教集の一巻を、とりあげる人があるであろうか？

ミルトンにはいる前には、ミルトンは、おごそかな音楽の奏せられることを望んでいるようである。ところで、彼の方からも音楽を奏するが、この音楽を聞こうとする人は、素直な考えと、清らかな耳を用意する必要がある。

冬の宵には——浮き世を離れて——ずっと気軽に、静かなシェイクスピアが、はいってくる。そんな時には、『あらし[38]』や、彼自らの物語る『冬の夜話』——

これら二人の詩人は、声高らかに読まずにはいられない——自分自身に、また、（時としては）耳を傾けるただ一人の人に向かって。一人以上となると——聴衆というものに堕落してしまう。

めまぐるしく事件の展開する、鋭い興味の書物は、ただ目をすっと辷らせてゆくべきである。声をだして読むべきではない。比較的すぐれた部類の近代の小説でも、聞いていると極度に退屈する。

声をだして、新聞を読まれるのは、がまんがならない。ある銀行では、行員の一人——銀行一番の学者だ——が、「タイムズ」か、「クロニクル」からはじめて、全行員の利益のために、その内容の全部を、声高らかに朗誦する習慣がある。いかに声量があり、朗読が巧みであるにしても、その効果はふしぎなほどあがらない。床屋や、酒場では、一人の男が立ちあがって、ある一節をつかえつかえ読み、ひとかどの発見として一同に伝える。かわって、別の男が、自分の拾いだした一節を読みあげる。こんな風にして、少しずつ、ついには新聞全面が吸いとられる。読むこと稀なる人は、読むこと遅き人なりで、こんな便法でもなければ、おそらく、一座の誰一人、全紙の内容に、あまねく眼を通す人はないのであろう。

新聞は、いつも好奇心をかきたてる。新聞を下におくときには、誰もきまって失望感をいだく。ナンドー・コーヒーハウス(39)で、例の黒服の紳士は、いつまで新聞を手にしているのだろう！「クロニクルは、いま、あいておりません」と、給仕人が、たえずどなっているのを聞くと、胸が悪くなる。

夜、宿にとまって――夕食を註文しておいてから――窓腰掛けのうえに、もうずっと遠い昔、誰か前の泊り客が、うっかり置き忘れていった――逢う瀬を楽しむ愉快きわまる絵――「恋の国王とG夫人」――「なびかん風情の乙女と粋な老人」――そういった類の古風な艶種――の載った、「町と田舎」なる古雑誌が、二、三冊ころがっているのを見つけたときほど嬉しいことがあろうか。それを――その時、その場所で――もっとよい書物ととりかえる気になるであろうか。

つい近頃、気の毒にも失明したトービン(40)は、肩のはる類の読物のためには、失明したことを、さして悔みもしなかったが――『失楽園』(41)や『コーマス』なら、読んでもらうという手もある――雑誌とか、軽いパンフレットを、自分の眼で、すっと流し読みする楽しみのなくなったことを残念がっている。

どこかお寺の寂しい並木道を、ただ一人『カンディード』[42]を読んでいるところは、私は、人に見られたくない。

ある日――知りあいの娘さんに――（娘さんのお気に入りの場所である）プリムローズの丘[43]で、草の上にのんびり寝ころがって――『パミラ』[44]を読んでいるところを見つかったときほど、私には、やりどころのない驚きの思い出はない。露見したからといって、その書物に、なにも男が恥じいらねばならぬようなものがあったわけではない。けれども、娘さんが、私の側に腰をおろして、一緒に読むつもりらしいのを見ては――なんでもいい、他の本であってほしい――と、つい願わずにはいられなかった。二人は、むつまじく、三、四頁は読みつづけたが、作者がたいして娘さんの好みにあわなかったので、娘さんは、立ちあがって――行ってしまった。思いやりの深い懐疑論者である読者よ、あなたの御推察におまかせしたいのであるが、赤面は（二人のうちのどちらかが赤面したのであるが）、この場合、いったい女精のものであったであろうか。それとも、色男のものであったであろうか。私の口からは、なんとしても、この秘密をもらすことはできない。

戸外の読書には、私は、あまり賛成できない。心が落ちつかないからである。私の知っているユニテリアン派の牧師に、朝の十時から十一時にかけて、いつも、スノー・ヒル[45]（まだ、スキーナー街はなかった）で、ラードナー(46)の著書を読んでいる人があった。正直のところ、これは、私には及びもつかぬ、緊張した熱心さである。世俗の衆をきれいに避けて、よくまあ斜に歩けるものと、いつも感心するのであった。荷かつぎの肩荷や、パン籠と衝突して、無学の息がかかれば、私の会得している神学は、残らずすぐに逃げだしてしまい、カルヴィン教義の五要項に無頓着くらいではすまなかったことであろう。

その姿を見ると、愛情を感ぜずにはおられない、立ち読み階級というのがある――書物を買ったり、借りたりするだけの金をもたないで、露店の陳列台の上で、わずかの知識のぬすみ見をする貧しい連中なのである――店の主人は、けわしい目をして、しじゅう意地わるい視線を投げつけ、いつ読みやめるかと考えているのである。彼らは、一頁一頁と、びくびくしながら、いつなんどき主人が禁令をだすかと、一瞬一瞬心にかけながらも、その喜びを思いあきらめることができないで、「恐ろしい歓喜をかすめとる(47)」のである。こんな方法で、マーティン・B(48)は、日々すこしずつ噛っていって、『クラリサ(49)』を二巻は読んでしまったのであったが、そのときに、露店の店番から、その書物を買う気があるのかどうかとたずねられて（彼のまだ若かった頃のことである）彼の天晴れな野心も、頓挫してしまった。Mの言うには、その後どんな場合にも、あの静心なき盗み見に味わった満足感の半分ででも書物に読み耽ったことはないそうである。現代の、さる風変りな女詩人(50)は、この主題を、二節のあわれふかい平易な詩にして、自己の感懐を詠っている。

私は見ました、一人の少年が燃えるような眼をして、
露店の陳列台の上の書物を開き、
いっさいがっさい食べてしまいそうな勢いで読んでいるのを。
露店の主人がこれを見つけて、
早くもその子にどなっている声がきこえました。
「おい、坊や、お前は本を買ったためしがない。
だから、読むのはごめんだよ」
少年は、力なく立ち去りました。そして、溜息をついて、
本を読む術など覚えなきゃあよかったと思いました、
すれば、あんなちゃっかり老爺の本なんか、用もなかったろうにと。

貧しい人たちは、かずかずの悩みをもっているものです、
裕かな人たちの、苦しんだこともないような。
まもなく、私は、別の少年に気がつきました、

少なくも、その日一日は、
なんの食事もしないような顔をして――
料理屋の肉房の冷肉に見とれているのに。
私は考えました、この少年の立場の方が、きっと、ずっと辛かろうと。
お腹はすくし、唾液(つばき)はたまるし、それに、一文なしで、
よりすぐった、美味しそうな肉を眺めるのですから。
食べることなんか知らなかったらと思ったにしても、むりもないことです。

（一八二二年七月「ロンドン・マガジィーン」所載）

〔解説〕
ラムが非常な読書家であり、また、愛書家であったことは言うまでもないが、本篇を読むと、ラムの書架が覗き見られるような気がして実に興味ぶかい。

懐しのマーゲイト通いの船

私は、（前にそう言っておいたことがあると思うが）休暇をオクスフォードかケンブリッジですごすことが好きである。これらの大学についで、私の行きたいと思うのは、私の愛するテムズ河畔のヘンリイ界隈(1)では到るところに見られる、どこか木立ちの多い所である。ところが、従姉(2)は、あの手この手で、三度四度の季節のうち一度は、私を海水浴場に誘いだそうとするのである。なつかしい昔の愛着が彼女にこびりついていて、にがい経験を無視させるのだ。ある夏にはワージング(3)で退屈な、二度目の夏にはブライトンでもっと退屈な、三度目の夏にはイーストボーンで退屈きわまる経験をしたのであるが、今も今とて――ヘイスティングズで、やるせない苦行を積み重ねているのである！――それというのもみんな、ずっと以前にほんの一週間のあいだ、マーゲイト(4)で楽しい思いをしたからである。それが、私どもが海辺に行った最初の経験であったが、いろんな事情が重なって、私の生涯のうちで最も快適な休日となったのである。私どもは二人ながら海を見たことはなかったし、二人つれだってそんなに長く家を離れたことはなかった。

おまえを忘れることができようか？　なつかしのマーゲイト通いの船よ、おまえの風雨に打たれ日焼けのした船長を、おまえのお粗末な設備を――それも今はもう変りはてて、化粧を施してこざっぱりとした川船風の当代好みの蒸気船となってしまったが。おまえは、かなりの積荷を風や波にまかせて、魔法の煙や呪文や煮えたぎる大釜の助けを求めることはなかった。天つみ空の風にのって、おまえは辷るがように進んでいった。また、そうしなければならないときには、船乗りにふさわしい辛抱づよさで、じっと動かないでいた。おまえの歩みは自然で、温床仕立のもののように無理がなかった。また、おまえは――煙を吐き炉をもやして海を渡ってゆく、大きな海の怪物のように、いや、それよりも、スカマンドロス[5]の河を干あがらせた火の神のようにと言った方がいいかもしれない――硫黄くさい煙で、海の息吹きを汚濁することはなかった。

おまえの、実直な、けれどもとぼしい数の乗組員たちを忘れることができようか？　我々都会に住んでいるものたちが、あれこれの奇妙な船具の用途について、ときおり彼らにたずねる未熟な質問に対して、はにかみながらしぶしぶ答えた（けれども、軽蔑の様子は表にはつゆ見せなかった）その返答を。わけても、私はおまえを忘れることができないのだ。我々と彼らとの間の目出たい仲介人、宿かる木蔭、彼らの技倆のほどを我々の無智にたたきこんでくれる説明者、海と陸との間の心おきない大使よ！――おまえの水兵ズボンは、おまえが海と養子縁組をして、海の住人となったことを、はっきり証明しているのではなかろうか？　ちょうど、おまえの白い帽子とズボンの上のいっそう白いエプロンが、おまえの台所仕事の手ぎわのよい仕事っぷりと共に、お前が以前は陸育ちで――イーストチープ街(6)の一流の料理人であったことを物語っているのと同じように。おまえは、せっせと精をだして、料理人、船乗り、付添人、部屋付きと、いろんな仕事にはげんだ。エアリエル(7)のように、ここかしこ、甲板のいたる所に忽ちにして姿をあらわし、エアリエルよりももっと親切な奉仕ぶりで――それも、嵐を助けるためにではなく、ちょうど病人たちが共通の気持で、お互いに労りあうような感動の心から、なれぬ船の動揺のために、未経験の陸人が、おそらくは引きだしそうな船酔心地を慰めるためにである。そして、甲板を洗う大波が、私どもを船室に追いやったとき（というのは、十月もすでに深く、強い風が吹いていたのである）トランプやら、気ばらしのための飲物やら、それよりもいっそう気ばらしとなるおまえの四方山話やらで、たえず私どもを慰めようとしてくれる、おまえの親切な介抱が、（実のところ）そうでもなければ、あまりいい匂いのせぬ、あまり好もしくない小さな船室の蒸し暑さや窮屈さを、どれほど和げてくれたことであろう！

こうしたことのほかに、船中に一人の乗客がいたが、この男の話を聞いておれば、全くのところ、私どもが企てているよりも長い船旅だって退屈は感じなかったろうし、アゾレス群島(8)までだって、笑いころげたり、驚きの目を見はったりしたことであろう。この男は、色の黒い、スペイン人のような外見をした青年で、すばらしく美しく、軍人のような押しの強さと、流暢にまくしたてきっぱり断定する歯切れのよさとをもっていた。実際、彼は、後にも前にも、私の出会ったことのないほどの大嘘つきであった。彼は、相手の信じぐあいに探りをいれて、相手が一時に呑みこめると思うだけしか話を進めない、世間によくある臆病な中途半端な嘘つき（いと憐れむべき種類の人間である）――相手の忍耐をかじりとるスリの輩――の類ではなく、堂々かつ白昼公々然と隣人の信を掠奪する男であった。彼は崖っぷちに震えながら立っているような男ではなく、真底からの徹底した嘘つきで、一気に相手の軽信の本陣に突入した。彼は一座の人たちを、かなり自家薬籠中のものにしていたらしく思う。当時マーゲイト通いの船の乗客名簿には、金持とか智者学者の名はあまりのっていないのが普通であった。乗客は、当時オールダーマンベリイやウォトリング街[9]に住んでいたような甘っちょろい（悪く言う者にはコックニイ[10]とでも言わせるがいい）連中であったろう。中に一、二の例外はあったかもしれないが、私が航海を共にしたような愉快な親しみぶかい船客のあいだに、いやな分けへだてをする気持にはなれない。それに、場所の雰囲気というものを、あるていど斟酌しなくてはならない。あの厚かましい男が、海の上で聞かせてくれた嘘物語の半分でも、陸の上で話したとすれば、私どもの大部分の良識は受けつけなかったものと思う。ところが、私どものいた所は、ひとつひとつが珍しいもので取り囲まれた新しい世界であり、時と場所とがどんな途方もない不思議なことでも受けつけるような気分にしていたのである。時がたったので、彼のでたらめな作り話も、おおかたは記憶から消え去ってしまった。記憶に残っているものも、書き物として陸の上で読んだのでは、ただ退屈にしか思われないであろう。彼は（他に珍しい出来事や運命は数々あるのであるが）、ペルシアの王様のお付武官であったことがあり、そして、一撃のもとにカリマニア王[11]の頭を打ち落したのであった。彼は、もちろん王の息女と結婚した。彼の配偶者の死と共に、その宮廷にどんな不幸な改変があったがために彼がペルシアを去るようなことになったのかは、私は覚えていない。が、彼は魔法使いのような素早さでもって、彼の聴衆と共に、舞台を転じて英国に姿をあらわすのであるが、ここでも依然として貴婦人たちの信任を厚くした。ある王女——たしかエリザベスであったように記憶する——が、ある特別な機会に、ある特別な宝石箱を彼に委託したというような話もでた——が、こんなに時をへては、その事情も名前もたしかでないから、それは英国の王女たちにおまかせして、彼女たちのあいだで内密に、その光栄をおきめ願わなければなるまい。私は彼の愉快な不思議な話の半分も思いだせないが、完全に覚えているのは、旅行中に不死鳥[12]を見たという話で、この鳥は南部エジプトのある地方では珍しくないと断言し、一時に一羽しかいないという俗説の誤りから、親切にも私どもの眼を開いてくれた。これまでは、聴衆は完全に彼の話に聞きほれていた。彼の夢みるような妄想説が、私どもを「無智なる現在[13]」の彼岸に運び去っていたのである。ところが、彼が（私どものお目出たいのをよいことに、ますます調子にのってホラの貝を吹きならし）、さらに話をすすめて、ロードス島の巨人像（コロッサス）(14)の両脚のあいだを、実際に船でくぐりぬけたと断言したときには、ここらで一本釘をうつことが、実のところ必要となってきた。すると、ここのところで、一座の中にいた一人の青年の良識と勇気をよしとしなければならないのであるが、ここまでは他の連中と同じく最高の敬意を払って熱心に耳を傾けていたこの青年は、最近彼の読んだ書物によると、「問題の巨人像はずっと以前に破壊された」とあるから、なにか間違いがあるに相違ないと、その御仁に向かって勇を鼓してずばりと言ってのけた。この意見は、いと謙遜に発表されたのであるが、これに対して話の主は「なるほど、あの像は少しばかり傷んでおりました」と、気軽にこれだけは譲歩した。これが彼が受けた唯一の反対で、これしきのことでは、彼はいささかも動揺しなかった。というのは、彼は彼の嘘物語のあとをつづけ、同じ青年は、これまでよりもいっそう満悦の態で話を鵜呑みにしているらしかったからである――いわば、あのように頗る率直に譲歩したので、あの男の話をますますかたく信ずるようになったものであろう。彼が、こうしたでたらめな話で、私どもを手玉にとっているうちに、やがてリカルヴァー(15)の双塔が見えてきた。（以前にこの航海の経験のある）一座の一人が、すぐにそれと悟って私どもに指示してくれたので、一同からなかなかの船の経験者と祭りあげられた。

　この間ずっと甲板のはしっこに、全く異った人物が坐っていた。一見ひどく貧しく、身体が弱く、辛抱づよそうであった。微笑を含んで、眼はたえず海の上に注がれていた。ときおり、このでたらめな嘘物語の断片が耳にはいったとしても、それは偶然によるもので、彼にはなんのかかわりもないらしかった。彼にとっては、波の囁きのほうがはるかに楽しい物語であった。彼は私どもと同船はしていたけれど、私どもの仲間ではなかった。食事のベルの鳴るのを聞いても、身動きもしなかった。幾人かが、それぞれの用意の食料品——コールド・ミートとかサラダとか——を引っぱりだしても——なにひとつ取りださないし、なにひとつ欲しくない様子であった。用意しているのはただ一個のビスケットであった。一日一晩となるか、二日二晩となるか、当時のこうした船は航海が遅れがちで、これくらいの日数になることは珍しくなかったのであるが、これがその間の食糧なのだ。近附きになることを、彼は求めも斥けもしないようであったが、近付きになってみて、彼はマーゲイトの療養所にいれてもらって、海水浴をするつもりで、その地に行くところであることがわかった。彼の病気は瘰癧（るいれき）で、身体いちめん蝕まれているらしかった。彼はまちがいなく癒るつもりだと言った。そして、目的地に友人があるのかをたずねると、「一人もありません」と答えた。

これまで長い間、人口の多い都会に閉じこめられていた私にとっては、初めて海を見たということにまつわる、これら楽しくもまたなにかうら悲しい出来事は、青春と休日感と戸外の冒険と重なりあって——私の心の上に、すぎ去った夏の日のような芳香を残し、冷い冬の日にしみじみと嚙みしめるような思い出しか留めなかったのである。

初めて海を見たときに、（こうした際に私自身がいくらか感じたように）不満を表明する人が実に多いのであるが、私がこの不満の理由を説明しようと努力するとすれば、それは脱線と考えられるであろうか？（もしそれならば、これまでの海の文学との比較などという嬉しくもない目にあわないですむのだが）。私は——実物がその予想を満足させ得ないことに関して——一般に言われている理由は、ほとんど問題の急所にふれていないと思う。同じ人に、ライオンを、象を、山を、生まれてはじめて見せたとすれば、彼はおそらく少々馬鹿にされたような感じをもつであろう。実物は、その物に関する観念が彼の心の中を占めていたと思われるほどの空間をみたしてはくれない。

けれども、その物はなお最初の観念と連携をもっていて、やがてはその観念にまで成長し、ほとんど同様の印象を生むのである。親しむにつれて、拡充してゆく（とでも言ったらいいであろうか）。ところが、海はいつまでも失望である——これは、海の場合には、野獣や山のように一目瞭然たる一定の対象ではなくて、大地とも比肩すべき敵手である海の一切を一時に見ようと期待した（この見方の不合理であることは認めるが、想像の法則によって不可避なものであろう）がためではなかろうか？　私どもがそれまでのことを自覚していると言うのではないが、心の欲求はそれでなければ満足できないのである。読んだり聞いたりのほか、ぜんぜん海を知らない十五歳の少年（当時私はそうであった）の場合を想像してみよう。彼は、はじめて海にくる——これまでの生涯、しかもその生涯の最も熱情的なところに、海について読んだ一切のもの——漂泊の船人の物語からかき集めた一切のもの——本当の航海記から学びとったもの、そして、それと同じようにかるがるしく信用して物語や詩から頭に植えつけたもの——それらの影像を群らせ、異常な貢物が与えられることを深く心に期待して——。彼が脳裡に描くのは、大海原のこと。海に乗りだす舟人たちのこと。百千の島々のこと。海が洗う広大な大陸のこと。ラ・プラタ河やアマゾン河[16]の巨大な流れを、乱れも見せず、増大を感ずることもなく、その懐に受けいれること。ビスケー湾[17]のうねりと、

日を重ね、恐ろしき夜を重ねて、
嵐ほゆる喜望峰に骨をけずる[18]

舟人のこと。生命をうばう巌や、「とわに波風たちさわぐバームーシーズ[19]」のこと。大きな渦巻や竜巻のこと。沈んだ舟や、とりだすすべもない深海の底に呑まれた価しれぬ財宝のこと。魚類や、地上の恐ろしい一切のものも、

海の胎内の生物に較べては
赤ん坊をおどすお化けにすぎぬ[20]

異様な怪物のこと。赤裸の蛮人どもや、ファン・フェルナンデス[21]のこと。真珠や貝殻のこと。珊瑚礁や、魔法の島々のこと。人魚の洞穴のこと――

私は、彼が本気で夢中になってこれら一切の不思議なものを同時に見せてもらう気でいるとは主張しないが、彼はすべてこうしたものの暗示や影の雑然とつきまとっている大きな力の奴隷となっているのである。そして、実物がはじめて彼の前に展開し、わが国の詩味とぼしい海岸から（おそらくは平凡な天候であろうが）見られたとき――一点一条の海水として――ひどく不満足な、規模の小さい眺めにすぎないのではなかろうか？　また、河口から海にはいってくるならば、海は幅の広くなった河でしかないのではなかろうか？　陸の見えない所まで出てみても、日ごと恐れも驚きもなしに眺めている、あのなじみふかい、頭上をあまねく覆うている大空とは比較にもならぬ平板な水平線のほかに、彼の周辺にはなにがあろう？――同じような立場におかれたとすれば、誰にしたって、『ゲービール[22]』の詩の中のカローバと同様、

これがあの壮大な大洋なのか？　これっきりなのか？

と、叫びたくなろうではないか。

私は、町を、また田舎を愛する。けれども、この厭わしいヘイスティングズは、そのどちらでもないのである。埃っぽい栄養不良の岩の醜い割れ目のあいだから、貧弱な葉を投げだしている

いじけた若枝がきらいなのだ。「岸辺までの緑」などと、好事家は言っているけれど。私は森を要求しているのに、見せてくれるのは背の低い藪なのだ。私は小川を求めて絶叫し、清流と遠く海をへだてたせせらぎの声を渇望する。ひねもす赤裸の浜辺に立って、気まぐれな海の色が、死にかかったボラの色のように変転してゆくさまを眺めることは、私にはできない。この牢獄のような島国の窓辺に立って、海を眺めることにはあきあきした。檻の中の方へ引っこんでしまいたい。海を見つめていると、その上に乗りたくなる。越えたくなる。横ぎりたくなる。その思いが、鉄の鎖のように、私をしっかと縛りつける。心ここにあらずである。スタフォードシャー(23)ならば、こんな感じはおこらないであろう。ここには、私の家(ホーム)はない。ヘイスティングズには、家という感じは全くない。ここは、短期間の遊山地であり、鷗と株屋と、町の女漁師連と、大洋と戯れ遊ぶ娘さんたちの雑然たる集合地である。それが昔ながらの姿で、本然の姿を保っている正真正銘まぎれのない漁師町であれば、それはそれで意味があろう——断崖と同じように素朴で、そこからくすねてきた材料でたてた家がちらほらと点在しているのだったら、それはそれで意味があろう。私はどんな山奥に住むことにも、漁師や密輸入者と調子をあわせてゆくことにもたえられる。ここには密輸入を業とする者がたくさんいる。いえ、私にはそんな気がするのだ。彼らの顔は土地にふさわしい。私は密輸入者が好きである。彼は唯一の正直な泥棒である。彼は国家の歳入だけしか盗まない——こんな盗みは、私のたいして意とするところではない。私は、あるていど満足の気持でもって、彼らと共に鯖舟に乗って出かけることも、また暗い仕事に加わることもできるであろう。法律を破る同国人——同じ町民、同じ教会員の場合もあろう——を監視するために、（それが唯一の気晴らしなのだが）短剣を差したり抜いたりしながら口笛を吹き、たえず行きつ戻りつして、来る日も来る日も海岸を歩き、そして、残念ながら外国との戦争がないために、税関警察というおだやかな名前で、法律で認められた内戦をつづけ、密輸入のオランダ・ジンに対する嫌忌と祖国英国に対する熱誠とを示している、あわれ単調な生活の犠牲となっている人たちにもがまんできる。けれども、胸のわるくなるのは、池のスズキやウグイほどにも海の趣味をもたないくせに、ここへ来たことがあるということが言いたくてここへ来る、ロンドンからの滞在客である。こんな所にいると、自分も馬鹿なウグイ[24]になったような気がして、彼らに対してはもちろん、自分自身ががまんならなくなってくる。いったいぜんたい、彼らはここでなにをしようというのであろう？　ほんとうに海の趣味があるならば、なぜこんなに陸で用いる荷物を持参するのであろう？　また、なぜ砂漠に彼らのテントを張るのであろう？　もし彼らが私どもに信じさせたがっているように、海が「珍しい事がらの書いてある[25]」書物ならば、こんな貧弱な図書室——彼ら流にいえば海洋文庫だが——に、なんの意味があるのであろう？　もし、彼らがそう思われたがっているように、彼の音楽に耳うち傾けに来たものならば、あの馬鹿な演奏室は何なのだろう？　みんなまことしやかな、実のない見せかけなのだ。流行のためにやってきて、その土地の自然をめちゃめちゃにするのだ。いまさっき言ったように、彼らは大部分が株屋なのだが、中では比較的上等な部類の人たちを観察したことがある――ときおり、(古風な) 実直な町の人が、単純な気持で、海の風を吸うために、細君や娘さんを連れてくるのである。私はいつでも彼らの到着の日をよみとることができる。顔つきを見れば容易にそれがわかるのだ。一日二日は渚をさまよい歩いて、トリ貝の殻を拾いあげ、たいしたものに思ったりする。けれども、一週間もたつと、あわれ想像力はにぶってきて、トリ貝からは真珠の生まれぬことを発見しはじめる。そのとき――ああ、そのときこそ!――もし私が可愛い人たちの代弁をしてもいいものなら(彼らは自分でこのことを明らさまに言う勇気のないことを私は知っているのだ)、彼らは、海岸のそぞろ歩きを、行きなれたトウィッケナム[26]の牧原のうえの日曜日の散歩と、よろこんで交換したことであろう!

海に魅せられて海岸に移り住み、自分では本当に海を、その奔放な習慣と共に愛していると考えている人たちの一人に、もし万一この地の素朴な土着の人が幾人か、あなたの親切な誘いに力を得、お互いの間にしかと結ばれた共感に信をおいて、お返しの訪問としてロンドン見物に上京したとしたならば、彼らの気持はどんなであろうかとおたずねしたいのである。私どもが町の必要品を持参するように、彼らは漁道具を背負ってくるものと想像せねばなるまい。その結果はロスベリィ[27]にどんなセンセイションが巻きおこされるであろう!

チープサイドの娘さんたちやロンバード街のお主婦さん連(28)の間に、どんなすさまじい笑声が湧きあがるであろう。町で育った者や内陸生まれの者は、これら海岸地では、自分の真の自然の栄養物にふれることはできないものと思う。自然の女神は、私どもを船乗りや放浪者にしようと思わない場合には、家に止るよう命ずる。塩水の泡は、私どもを不機嫌にするようである。私は生まれ故郷の甘味のさした流れのそばにいるときの半分も機嫌がよくない。私は、これら鷗のかわりに白鳥を浮かべ、わが身は燕となってテムズの岸辺のあたりを飛び廻りたいと思う。

（一八二三年七月「ロンドン・マガジィーン」所載）

〔解説〕

ラムは、散歩は好きであったけれど、旅行はたいして好きではなかったらしい。彼は、ワーズワースに、「生涯、山というものを見なくっても、たいして問題ではありません」と書いている。父はリンカンシャーの山育ちであり、母はハーフォードシャー生まれの田舎娘ではあったけれど、テムズの流れのほとりに生まれたラムは、純粋のロンドン児といってもよかった。彼は、心からロンドンを愛した。美しい山の景色よりも、美しい海の眺めよりも、ラムには、ロンドンの町の道ゆく人や車の姿、店屋の灯、舗道に流れる太陽の光の方が、はるかにありがたかったのである。

ところで、夏ともなれば、老若男女がテンヤワンヤの騒ぎで汚濁の海に殺到する我が国の現状をラムに見せたとしたならば、ラムははたしてどんな顔をすることであろうか！

年金生活者

遅ればせながら、自由が私を思いだしてくれた。
ウェルギリウス(1)

花のロンドンで、私は会社員であった。
オキーフ(2)

読者よ、退屈な事務所にとじこめられて、あなたの生涯の黄金時代——あなたの輝かしい青春——を空しくすごし、あなたの牢獄時代が、解放の望みも休養の希望もなく中年をすぎて遥かに老いの下り坂、頭に霜をのせるまでひきのばされ、休暇というようなもののあることは忘れ、でなくとも、ただ幼時の特権として覚えているといったまでに生きてきたこと、これがかりにあなたの運命であるとするならば、その場合、ただその場合にのみ、あなたは私の解放された気持を知ることができるであろう。

私がミンシング・レイン(3)の事務机に向かって腰をおろしてから、今では三十六年になる。学校時代のふんだんの遊び時間、あいだあいだにたびたびはさまる休暇から、一日に八時間九時間、ときには十時間の会社勤めへの、十四の年の身分の変転は、悲しいものであった。けれども、時がたてばどんなことにも、いくぶんかは諦めのつくもの。檻の中の野獣のように、意固地な満足ではあったが――しだいに私は満足するようになった。

なるほど、日曜日は私の思いのままではあった。けれども、日曜日というものは、その制度が礼拝の目的のためにはしごく結構であるが、そのために却って、くつろぎの日なり気晴らしの日としては、この上もなく始末わるくできている。とりわけ、下町（シティ）の日曜日には一種の陰鬱さがつきまとい、大気の中に重苦しさがあるように思われる。ロンドンの賑やかな物売りの声、音楽、それに俗歌師（バラッド・シンガー）の声――街々のざわめきや、どよめきの声――の聞こえぬのが、私には淋しい。鳴りづめの鐘の音が気をめいらせる。店は閉ざされて、寄せつけてくれない。版画や絵画、きらきら光る涯しなく並んだ玩具や装飾品の類、華やかに飾りたてた商品、これらのものによって、首都のいくぶん閑静なあたりの散歩は非常に嬉しいものとなるのであるが――今日は姿をみせない。心楽しくのんびりと覗いて歩く古本屋の露店もなければ――たえず往き来する人を眺めている閑人の気晴らしとなる忙しそうな顔も見えない――かく申すのは、商売人の忙しそうな顔自体が、勤めから一時逃れている閑人には、対照的に魅力をもつものなのである。目に入るものは、ただ、解放された丁稚小僧や、小商人の面白くもなさそうな顔か――せいぜいのところで、半分くらい面白いといった顔――それにまじって、お暇をもらって外出している女中さんがちらほら。女中さんは、一週間ずっと奴隷のように働きどおしなので、その習慣のために、自由な時間を一時、面白く遊ぶ能力をほとんど失い、一日の行楽の味気なさをありありと見せている。その日には、野外の散歩者たちさえ、決して愉しそうな顔には見えないのである。

けれども、日曜日のほかに、私には、復活祭に一日、クリスマスに一日、それに、夏にはまる一週間の休暇があって、生まれ故郷のハーフォードシャーの田舎に帰って風をいれることができた。この帰省しうるということは、たいした恩恵であって、その日の廻りくる望みあればこそ、一年中元気もわき、監禁も辛抱できたのだと思う。けれども、その一週間が廻ってきたときに、遥かの彼方にきらきらと輝いていた幻影は、わが身に寄り添ってくれたであろうか。むしろ、不安な七日の連続で、静心なく快楽を追求し、その一週間を極度に利用する方法を発見しようとする心労の疲れの中に、暮れてしまいはしなかったであろうか。静けさは、どこにあったろう？期待していた安息は、どこにあったろう？　私が味をみぬうちに、姿を消してしまったのである。また、私は事務机に向かって、こうしたいま一度の束の間の休みの訪れるまで、その間に介在している退屈な五十一週間を数えてみるのだった。それにしても、その日の来る望みが、私の囚われの身の暗黒面に、光明らしいものを投げかけてくれたのだ。これがなければ、前に言ったように、私は私の奴隷の境遇にほとんどがまんならなかったであろう。

勤めのきびしさとは別に、私は、商売には不向きという感じ（おそらくは単なる気紛れであろうが）に、いつも悩まされた。晩年に至っては、これがひどく嵩じて、顔の皺の一本一本にあらわれた。健康も元気もおとろえた。私にはとても堪えられないことが露見しそうな危機の恐怖感に、たえず私は襲われた。昼間の勤めのほかに、私は、一晩夢の中で、また勤めをくり返し、帳簿への誤記とか、計算違いとか、その類のありもせぬことの恐怖のために、よく目をさました。すでに五十歳、しかも解放の望みは全然たたない。いわば、私は、自身が事務机となり、机が私の魂の中に食いこんでいるのであった。

会社の同僚たちは、私の顔から読みとれる心労について、ときにはからかうことがあった。けれども、それが、誰にしろ重役連の疑惑をひきおこしているとは知らなかった。ところが、忘れもせぬ先月の五日に、若手の重役L——[4]が私を片隅によんで、いきなり顔色が悪いぞときめつけ、あけすけにその理由をたずねた。ひどくきめつけられたので、私はありていに病気の由を白状し、結局はお暇をいただかなければならないことになるかもしれないと申しそえた。もちろん、彼は元気づけの言葉を二言、三言いってくれて、それでその件は落着した。それからまる一週間というもの、私は、打ちあけ話をしたのは思慮がたりなかった、馬鹿なことを言って自分に不利益な口実をあたえ、自分の手で自分の免職を早めたという考えに悩みつづけた。こんな風にして、一週間、私の全生涯を通じて最も不安であったと心から考える一週間もすぎた四月十二日の夕方

（八時ころでもあったろうか）、私が、机を離れて帰宅しようとしていたところへ、あの恐ろしい奥の応接室の全重役の集まっているところへ出てくるようにとの、ゆゆしい呼び出しをうけたのである。てっきりこれは年貢の納めどきだ、もう駄目である、お前にはもう用はないと申しわたされるのだと考えた。Ｌ——が、私のびくびくしている姿をみて、にやにやしているのが目に映ったので、私は少しはほっとした——すると、重役の長老Ｂ——[5]が、私の勤務年限の長さ、その間を通じての殊勝な勤めぶり（ちぇッ、どうしてそんなことが分ったろう、と私は思った。断っておくが、そう考えるだけの自信をもったことは、私にはないのである）について、しかつめらしく熱弁をふるいはじめたので、私はびっくりした。更に、彼は、生涯のある時期に身を退くことの得策を縷々として述べ（私の心臓のものすごい動悸！）、多くもない私の財産高について二、三質問し、最後に、私が勤務に精励した会社から、従前のサラリーの三分の二にあたる終身年金を賜う——なんとうまい話であろう！——との申し出をして話をむすんだ。三人の重役も重々しくうなずいて、同意の旨を示した。私は、驚くやら有りがたいやら、なんと返事をしたか覚えがないが、その申し出を受けたことは相手にも通じ、その時をさかいに、自由に退職してよろしいと申しわたされた。私は吃りながら一礼して、ちょうど八時十分に——永遠に——家に帰ったのである。このすばらしい恩典は——感謝の気持から、その名を明らかにせずにはおられないのであるが——世界で最も寛仁な会社——ボルデロ・メリイウェザー・ボーザンクェット・アンド・レイシイ合名会社[6]の好意によるものである。

社運の永遠に盛ならんことを！

最初の一、二日は、私はぼんやりして気のぬけたような感じであった。身の幸福を、ただ理解することはできたが、あまりにも混乱して、しみじみとその幸福を味わうことはできなかった。幸福だと考えながら、幸福ではないと悟りながら、私は歩きまわった。四十年の監禁の後、とつぜん解放された、昔のバスティーユ牢獄[7]の囚人の状態さながらであった。われとわが身が、ほとんど信じられなかったのである。「時間」から「永遠」に移ったようなものであった――人間にとっては、自分の「時間」を一切自由にし得るということは、一種の「永遠」なのだから。私は、使いきれないほどの時間を、掌中に握っているような気がした。貧乏人、「時」の貧乏人から、いちはやく私は莫大な歳入の中に祭りあげられたのである。私には、財産の極限が見えなかった。私は、私に代って、「時」の財産を管理してくれる執事か、賢明な差配人がほしくなった。さて、ここで、烈しい仕事をしていて老齢になっておられる方々にご注意申しあげたいのであるが、それは、老後の暇つぶしの手段を考慮にいれないで、かるがるしく自分の手なれた仕事を、とつぜんお捨てにならないようにということである。そうすることには、危険を伴うおそれがあるからである。独りでいると、私は、それを感ずる。けれども、たしかに私は暇つぶしの手段には事かかない。そして、私は、あの最初の目まぐるしい歓喜もしずまったので、現状の幸福に静かな親しみを感じている。あせってはいない。毎日が休日なのだから、休日は一日もないようなものである。退屈になれば、散歩をして、「時」を消すこともできる。けれども、あの昔のあっという間の休暇に、せいぜいそれを利用しようと思って、一日に三十マイルも歩いたように、終日あるいたりなどはしない。「時」をもてあますようなことがあれば、読書をして、それを消すことができる。けれども、はげしい読書はぜったいにしない。灯下の「時」よりほかに自分の「時」がなかったので、過ぎし冬には、いつも頭や視力を疲れきらせるほどに烈しく読書をしたものであったが。私は、(今やっているように)気分のおもむくままに、散歩し、読書し、書きなぐるのである。もはや、私は快楽を追求しない。来るにまかせる。私は、

――青草原の中に生まれて、
年齢の寄るにまかせる[8]

人のようなものである。

「年齢の話?」あなたはきっとこう言うであろう、「この馬鹿なご隠居さんは、これからさき何をしようというのだろう、先刻の話では五十もすぎているというのに」。

なるほど、私は、名目の上では五十年生きてきたが、自分のためにではなくて他人のために生

きた時間を、それから差し引くと、私はまだ若僧であることが、諸君にお分りになるであろう。と申すのは、本当に自分のものといえるもの、全く自分の自由になるもの、それだけが唯一の真の「時」なのであるから。その他のものは、ある意味では「時」をすごしたと言い得るかもしれないが、他人の「時」であって、自分のものではない。私の乏しい余生は、長いにしろ、短いにしろ、少なくも私には三が掛けられるのである。かりに十年とみると、私のあとの十年は、前の三十年に匹敵する。これは、分りきった比例計算である。

自由の身となったはじめに私を悩まし、かつ又その痕跡のまだ全く消え去らない妄想の数ある中に、その一つは、私が会社を去ってから長い年月の隔たりがあるような気のすることであった。私には、それが昨日の出来事とは思えなかった。長年の間、そして、その年々の日々の長時間、あれほど親しく交った重役連や事務員たちは――突然その連中に別れたために、私には、あの世の人たちに思われるのだ。サー・ロバート・ハワード(9)の悲劇の中に、友人の死を物語る一節があるが、それが、この妄想の説明に役だつであろう――

　――彼の死んだのはたった今のこと、
　一滴の涙を流す暇さえもない、
　それなのに千年もたったかのように、

それほどの隔たりが感じられる。「永遠」の中にあっては、時は測りえないのだ。

この手におえない感じを払いのけるために、よぎなく、私は、その後一、二度その連中のところに足を運び、後に残って悪戦苦闘している昔の仕事仲間——同じペン仲間——を訪ねてみた。連中は、親切のかぎりをつくして迎えてはくれたが、これまで同僚として受けた、あの愉しい親しみは、以前のままとはゆかなかった。昔なつかしの冗談をいくつか、互いにぶっ放しあってはみたが、てんで屁のように思われた。私の古なじみの机、帽子をかけた釘も他人のものになっていた。当然そうなるものと覚悟はしていたが、情けない気持であった。凹凸のはげしい私の職業街道を、冗談や謎々で滑かにしてくれた同僚たち、三十六年の間仲よく苦労を共にした人たちとの別れに際して、多少の悔恨を感じないとすれば——そりゃ畜生というもの——鬼に食われてしまえである。してみると、結局それはさほど嶮しいものではなかったのであろう。それとも、ただ単に私が臆病であったのかもしれない。まあ、いい、悔いても及ばぬことである。それに、こうした気持は、たしかにこんな場合にありがちの心の迷いだ。けれど、気がかりだ。私は、お互いの間の縛(きずな)を、乱暴に絶ち切ってしまった。少なくも、思いやりがなかった。私が別離を全く心にかけぬようになるまでには、いくらか時がかかるであろう。さよなら、旧友諸君、しばしの間。かく申すのは、お許しがあれば再三お仲間入りをさせていただくつもりだからである。さよなら、不愛想で皮肉屋で、それでいて柔(やさ)しいCh(10)よ！　温厚で、どっしりとしている、いかにも紳士らしいDo(11)よ！　世話ずきで、よく人の面倒をみるPl(12)よ！　やよ、汝うらぶれたる高楼よ。古のグレシャム(13)、さてはホイッティントン(14)にもふさわしい邸宅よ。堂々たる商館よ。そこには、半歳のあいだ燭光が日光の代用をつとめる、紆余曲折する廊下、光のささぬ閉めきった事務室が連っていて、わが幸福への非衛生的な寄与者よ。わが生計の峻烈な養育者よ、さよなら！　わが「作品全集」は、書籍行商人の塵にまみれた仕入れ本の中にではなく、汝が胎内に残っているのだ！　アクィナス(15)が、嘗て残したよりも厖大で、価値の劣らぬ大判の帳簿、それらを、汝の頑丈な棚の上に積み重ねたまま、休養させてもらいたい。ちょうどいま私が仕事から離れて休養しているように！私の衣鉢は、君たち同僚諸君の中に残してゆく。

　私が最初の消息を書いたときから二週間たった。そのころ、私は平静に近づいてはいたが、平静になりきってはいなかった。なるほど、静けさを口に誇ってはいたが、それもただ比較的のことであった。最初の動揺が、いくぶん残っていた。落ちつかぬ新奇の感じが。弱い眼に見なれぬ光の眩しさが。全くのところ、私の衣裳の必要な部分でもあったかのように、昔の縛の鎖が恋しかったのである。なにか一大変革によって、厳格な僧庵の訓練から、とつぜん人間世界にひき戻された、憐れなブルーノ派の僧侶であった。いまは、我とわが身が自由にならなかった経験は、まるで一度もなかったかのようである。気のむいた所へ行き、気のむいたことをするのが、私には自然なのだ。昼間の十一時に、私はボンド街[16]にいる。そして、過去の何年か、私は、その時刻には、そこを散歩していたような気がするのである。古本の露店を漁るために、私はソホ[17]へと横道にはいる。もう三十年間も、書物蒐集家であったような気になる。そんなことには、珍しさも、新しさもないのだ。朝、美しい絵の前に立っている。そうでないことがあったとでもいうのか。フィッシュ・ストリート・ヒル[18]はどうなったろう？　フェンチャーチ街はどこであろう？　三十六年の間、日々の通勤で私の踏みへらした、あの昔なじみのミンシング・レインの舗石よ、いつもながらのお前の堅い石は、仕事に疲れた事務員某の足音に、いま響きを和しているであろうか。私は、もっと華やかなペル・メル街[19]の敷石を踏んでいる。取引所の開いている時刻というのに、あら不思議、私はエルギン大理石像[20]にかこまれているのだ。私の境遇の変化を、別世界に移行することに敢て譬えたのも、決して誇張ではないのである。「時」は、いわば、私にとっては静止しているのだ。季節のけじめは、私には一切なくなったのである。何曜日であるか、何日であるか、私は知らない。以前は、外国郵便の到着日に連関して、また、次の日曜日との隔たりや接近から、一日一日それぞれ区別が感じられたものである。私なりの水曜日の感じ、土曜日の夜の感覚があった。一日一日の精霊が、その日一日中はっきりと私にのしかかって、私の食欲やら元気やらに影響したのである。はかない日曜日の慰楽の上には、翌日と、それにつづく味気ない五日間の幻影が、重荷のようにのしかかっていた。どんな魔力[21]が、エチオピア人を洗って白くしたのであろうか——暗黒月曜日（ブラック・マンディ）[22]から、なにが消え失せたのだろう？　どの日も同じなのである。日曜日までが——逃げ足が早いという感じやら、できるだけ快楽をしぼりだそうとする余分の心労やらで、とかく不幸な失敗におわりがちの休日なのであるが——はかなく消えて、ただの日（ウイークデイ）になるのだ。いまは惜し気もなく、教会に行く時間をさくことができるが、昔は教会にゆくと、休日から大きな塊が切りとられるような残念な思いがしたものである。私は、なにをする「時間」にもことかかない。病友を見舞うこともできる。多用の男の忙しい最中（さなか）を邪魔することもできる。この天気晴朗の五月の朝を、ウィンザー[23]に一日の行楽をしようと誘いかけて、この男を侮辱することもできる。俗界に残してきた憐れな苦役者どもが、味気なく同じ所をいつ果つるともなく、ぐるぐる廻っている粉ひき馬のように——なんのためにやら？——いらいらと心を配っているのを見るのは、ルクレティウス[24]のいった、対岸の火事的な快感である。人間には、「時間」があり余ることはなく、また、仕事が多すぎる。私に息子があれば、「閑人」と名づける。なにもさせないのだ。人間は働いている間は、自分の本質から離れるものと、私は確信する。私は瞑想の生活に、全く賛成する。心あって地震でもおこり、あの呪わしい紡績工場を一呑みにしてくれないものであろうか。あそこの場ふさぎのがらくた机を持っていって、奈落の底の悪魔どもの所へ[25]投げこんでもらいたい。

私は、もはや某商会の事務員＊＊＊＊＊ではない。「隠士」である。私の姿が見たければ、手入れのゆきとどいた庭園の中にいる。一定の歩調でもなく、きまった目的もなく、ぶらぶらと歩き、のんびりとした顔と屈託のない態度から、見分けがつくまでに、もうすでになっている。あてもなく、ただ私は歩きまわる。人の話では、私の他のよい素質と共に長く埋もれていた一種の威あって悠揚せまらぬ様子が、私の身体の中に萌してきたそうである。目にみえて、私は紳士らしくなってゆく。新聞をとりあげるのは、オペラの様子を読むためである。私の仕事は完了した。私がこの世に生まれてきた責務の一切は終った。私は、私に割りあてられた仕事は果した。余生は私の自由である。

（一八二五年五月「ロンドン・マガジィーン」所載）

〔解説〕

ラムが学校を出て、はじめて南海商会に勤めたのが十四の年、東インド会社に移ったのが十七の年、職を退いたのが五十一歳、一八二五年の三月二十九日のことであった。事務机に向かうこと実に三十余年、病姉をかかえて生活上やむを得ずの道であったろうと思うと、そぞろ同情を禁じ得ない、と共に、このラムの嘆きは、おそらく多くのサラリーマン諸氏の共通の嘆きでもあろう。

年金四五〇ポンドと共に彼のいわゆる「牢獄」から解放せられたラムは、よほどうれしかったものとみえ「空飛ぶ鳥も、私ほど自由ではあるまい」とか、「四月の朝の中の最もうららかな朝」とか、「限りある生命から永遠に移るような」とか、自分の胸中を友人に向かって語っているのである。

そして、「年金がきれて、九十で餓死したジョン・デニスほど長生きするんだ」と意気ごみながら、それから十年とたたない、一八三四年十二月二十七日に、ささいなことから丹毒症をおこして、あっけなくこの世を去ってしまった。

婚礼

先週招待をうけて、さる友人の娘さんの婚礼に列席したときほど嬉しかったことはない。我々老人どもに、ある意味では青春を返してくれて、結婚という点での自らの成功の思い出や、ほとんどそれと同様に感慨ふかい、自らの若き日の失意の悔恨の思い出の中に、最も華やかであった時節を呼びもどしてくれる、こうした儀式に顔だしすることが、私は好きなのである。こんな折には、その後一、二週間はきっと上機嫌で、他人のハニムーンを我がことのように楽しむのだ。家族もないことゆえ、こうして一時友人の家族に加えてもらえることがうれしく、その間は従兄弟とか伯父とかいった風な感じをもち、親戚のはしくれに加わるのだ。そして、にぎやかに家族づきあいをしていると、暫くの間、私は私の寂しい独身生活を忘れるのである。私のこの気持は根ぶかくなっているので、親友の家に葬式があるという時にさえ、除外されると情けなく思うのだ。さて、話の本筋にもどって——

縁談じたいはずっと前にまとまっていたのであるが、式がこれまで延ばされていたのは、運わるく花嫁の父親が、女性の早婚という問題について抱いていた、どうにも手のつけられない偏見のためで、恋人同士はやきもき気をもんでいたのであった。彼は、この五年間というもの——と申すのは、求婚はその期間ひき延ばされていたのである——いつも、娘がまる二十五になるまでは式は延ばすのが適当である旨を講釈していた。まだ熱のさめる気配のぜんぜん見えないこの求婚も、ぐずぐずしているうちに熱情のさめるときがきて、愛も試みのうちに消え失せてしまいはすまいかと、私ども一同は心配しはじめた。けれども、こんな無理な考えにはだんぜん反対の細君が、うまくすかし、それに加えて、この老紳士もしだいに健康が衰えて、彼との交誼も長くは望めそうな見込みもなく、彼の生前に事の結末をつけておきたいと念願する友人たちが真剣に忠告したので、ついに説得することができた。それで、この前の月曜日に、私の古くからの友人某提督[1]の娘さんは、もう十九の年ごろになっていたので、三つか四つ年上の従兄J——[2]に導かれて、教会の門をくぐったのであった。

　女性の読者の中の若い方々は、私の老友の非常識な考えのために、恋人同士がはなはだしい時間の損失を蒙ったことに憤慨されるであろうが、その前に、慈父がその子を手ばなすさいに感ずる本意ない気持を察していただきたいものである。この点についての親子のあいだの意見の相違は、たとえ利害とか分別とか、どんな口実をもちだして隠そうとしても、たいていの場合、この本意ない気持が原因となっていると、私は信ずるのである。父親の冷酷は、小説作家にとってはうまい題材で、はずれのない感動的な題目である。けれども、可愛がられている娘が、ときおりあわてふためいて親木から身を離して、見しらぬ接木に身をゆだねることには、ひかえめにいっても、なにか無情といったものがありはしないであろうか。今度の場合のように、娘さんがたまたま一人子の場合、事情ひとしお切なるものがある。私は、こんな事柄を身をもって経験したことはないが、こうした場合の親の傷つけられた誇りには鋭く察しがつく。たいていの場合、恋人にとって、父親ほど恐ろしい恋敵はないということは、決して新しい発見ではないと、私は信ずる。同列でない人たちの間にも嫉妬のあることはたしかで、これが断腸のおもいのすることは、もっと厳密に嫉妬の名で呼ぶべき感情と、何の変りもないのである。母親のためらいは、ずっとたやすく克服することができる。その理由は、夫に保護の移ることとは、父親の場合ほどには、母親の権威の毀損にも喪失にもならないということのためだと思う。それに、母親は、かなりの縁談を断ったがために、子供の身の上にきたすかもしれない、わびしい独身生活の不自由さを描く、ぞっとする予見をもっているのである（父親には、同じ程度には考え及ばないことである）。こうした問題にかけては、母親の本能は、父親の冷徹な推理よりも、ずっと確かな道標なのだ。夫が、賛成ながらも比較的冷淡にうけている娘の結婚話を、細君連の中には、みっともない策略を用いて強行する向きもあるが、これも、この本能ゆえのことで、また、それゆえにこそ弁解もなりたつのである。この点での厚かましさは、許すことができる。こう説明すれば、出しゃばりも床しさとなり、母親の執固（しっこ）さも淑徳の名をうけるのだ――ところで、非常識にも私が牧師さんのお株を奪っている間、牧師さんはお待ちかね。花嫁が門口に立っているのに、私はお説教をしている。

なお、女性の読者のどなたにしても、いま私の口からでた小ざかしい感想が、それとなく例の娘さんのことを言っているものとはお考えくださらぬように。今に分かることだが、この娘さんは、成熟した十分の年齢になって、関係者一同の十分な承認をえて、境遇の変化にはいろうとしているのである。私はただ、あまりせっかちな結婚は、なかれかしと祈るのみである。

式は早朝にすませて、その後で一寸した朝食をするだけの時間があるようにとり定められ、その朝食にはごく内輪の友人だけが招待されていた。時計が八時をうつ一寸前に、私どもは教会にはいった。

この朝の花嫁附きの乙女たち――美しい三人のフォレスター家の娘さんたち――の衣裳ほど、その場にふさわしく、また、上品なものはなかった。花嫁一人をひきたてるために、三人は緑ずくめの衣裳で来ていた。私は、婦人の服装を描くことは不得手である。ところで、花嫁が、彼女の心のように白く清らかな衣裳をつけ、神の生贄の純白さで祭壇に向かって立っている間、三人は、ダイアナ付きの女精（ニンフ）たち(3)――まこと、これこそ森の女性たち（フォレスターズ）――にふさわしい衣をつけて、まだ冷かな処女を捨てる決心のつきかねている人たちとして待っていた。人の話では、これらの若い娘さんたちは、不幸にも母親に死に別れたので、父親のために独身生活をつづけ、後に残った父親と一同楽しく暮している。そのために、(娘さんたちの恋人の希望にはしごく不吉の) いつも変らぬ腹だたしいほどの家庭団欒の有様をみては、恋人たちは胸つぶれる思いにあるということである。雄々しい娘さんがた！　その一人一人が、イフィゲネイア(4)にも匹敵する生贄なのである！

厳粛な場所に出るのは、私の性にあわないようである。壮厳きわまる場合にも、私は、場所がらをわきまえぬ軽はずみな性質からぬけきれないのである。私は、もともと役人型にはできていない。儀式と私とは疾うの昔に縁切りしているのだ。けれども、不幸にも痛風のために家に引き籠っている娘さんの父親の切なる願いを断りきれないで、私は、この際に親代りとなり、花嫁を引きわたす役をひきうけたのである。この最も大切のときに、滑稽きわまることが、私の頭に浮かんだ——私のすぐ傍のきれいな娘さんの引き渡し役とは、想像してみるだけでも、私には適役でないという感じなのである。私は、うっかり軽はずみなことを言ったのではないかと思う。かく申すのは、牧師さんの恐ろしい眼が——ところで、ポールトリイ(5)の聖ミルドレッド教会の牧師さんの睨みは、なまやさしいお叱言ではないのである——忽ち私に注がれ、私の出かかった冗談も酸っぱくなり、葬式の際の陰気な大真面目になってしまったのである。

この式場での私の不始末で、私の心にあたるものはこれだけであったが、式後美しいT——家(6)

の娘さん方の一人から出た抗議は、不始末のなかにいれないことにしてである。嬢の言葉にしたがえば、黒服で花嫁を引きわたすのを見たのは、あなたが初めてだというのである。ところで、私は、黒服を長年常用しているので――事実、私は、黒服を、ものを書く人間に適当な服装と考えている――舞台でも黒服はいいということになっている(7)――もっと明るい色の服装をして現われたならば、型破りだといって批難される以上に、笑いものになっていたことであろう。けれども、花嫁のお母さんや、列席の年輩の婦人たちは、(可哀そうに!)なに色でもいい、私が黒以外の色の服装で来てくれたならば、さぞ満足であったろう、ということは私にも分った。ところで、私は、ピルパイか(8)、それとも誰か他のインドの作家のもので読んで覚えていた、その場にかっこうな寓話で縁起直しをした。その話というのは、すべての鳥が紅雀の婚礼に招かれたとき、その席に、他の鳥はことごとくきらびやかな羽毛をつけて出てきたのに、大鴉ひとりは、「他に着るものがないから」と、自分の外套の言訳をしたというのである。この話で、年輩の人たちも、いくぶん機嫌を直した。ところで、若い人たちはもう全くの大浮かれで、握手をするやら、お祝の言葉を述べるやら、花嫁の涙をキスでふいてやるやら、そのお返しに花嫁からキスをしてもらうやらであったが、とうとう、花嫁よりは四、五週間前に人妻となり、こうした事には多少経験もあり顔の若い婦人が、花婿の方をそっと見ながら、この分では「キスがなくなる」と、おどけて言って、花嫁に助け船をだした。

友人の提督は、身なりかまわぬ平常とはよい対照に――今日はみごとな鬘（かつら）をかむり、頭飾りもつけていた。（いつも朝の勉強の際の癖になっている）借り物の毛をかきあげて、その下にある本物の四、五本の白髪の残り毛を人に見られるようなことは、一度もしなかった。彼は、感にたえぬような満足な様子をしていた。気がかりな時刻がとうとうやってきて、えんえん三時間にわたった朝食――あり余るほどの鶏の冷肉、舌肉（タン）、ハム、カラスミ、ドライ・フルーツ、ワイン、リキュール、こうしたご馳走が朝食という貧弱な名称にあたるものとしてのことであるが――の後に、（さかしくも習慣が定めているように）新郎新婦をしばらく田舎へやるための馬車が来たことを知らせてきた。その計画の上に、ご両人の多幸な旅を祈りつつ、客の集まっている所へ帰ることにしよう。

人気役者が舞台を去って
人々の眼が
うつろにつぎの登場者に注がれるように[9]

そのようにうつろに、朝の芝居の立役者連の姿が消えたとき、私どもはお互いに顔を見あわせるのであった。話をする紳士もない。グラスをすする婦人もない。気の毒に、提督はこれ努めた――が、さして効果はなかった。こんなことになりはせぬかと、私は前もって案じていたのだった。奥さんのしかつめらしい顔つきや静かな挙動（ものごし）のなかにあらわれていた無限の満悦さえが、かけおちて、多少の不安を感じはじめていた。暇乞いをしたものか、後に残ったものか、誰にも判断がつかない。ばかな席に出たものと思われた。留るか去るかのこの瀬戸ぎわに、私は、午前中には危くそのために赤恥をかくところであった、あの私の馬鹿の一つ芸を生かさなければならない。それというのは、いざという場合に、ありとあらゆる奇妙な馬鹿げきったことを考えついて、それを口にだす力を指すのである。この始末のわるい窮状には、これにかぎると思った。私は、とっておきの愚にもつかぬ話を二、三まくしたてた。誰も彼も、理屈はぬきで、朝の賑やかさの後につづいたがまんのならない白々しさの圧迫から逃れたがっていた。この手段でもって、私は、幸にも一座の大部分を遅くまで引き留めておくことができた。そして（提督の好きな遊びの）ホイストの三番勝負は、技倆もさることながら、都合よく提督の側に珍しい幸運がつづいて、のびのびと真夜中になり――やがて、勝負も終って、老紳士が寝床にはいるときには、比較的のんびりした気持のようであった。

　その後、私はたびたび老友の家を訪ねた。この家ほど、客の一人一人が完全にくつろいでいる所を、私は知らない。ふしぎなまでに、混乱の結果として調和の生まれている所は、ほかにはない。めいめいが、くいちがった目的をもっていながら、その結果は一律よりも遥かにすぐれているのである。命令は矛盾し、召使いどもが一方に引っぱると、主人夫婦は反対の方に進み、しかもその二人がまた別々なのだ。訪問客は、四囲にごった返している。椅子はあちらを向いたり、こちらを向いたり。蠟燭は、ゆきあたりばったりに置いてある。食事の時間も変則で、お茶と夕食が同時であったり、夕食がお茶の前になったりする。主人と客が話しあってはいるが、めいめい異った題目で、独り合点はしているが、どちらも相手の言うことは、分ろうともせず、聞こうともせず、将棋と政治、チェスと経済学、カルタと航海の話、こうしたものが、それらを区別しようとする希望もなければ、また、まことと願いもなしに同時に行われて、結局どこにも見られぬ最も完全な不調和の調和を形づくっているのである。けれど、とにかく、この古い家は、その本然の姿そのままではない。提督は今もなおパイプを楽しんではいるが、煙草をつめてくれるエミリイ嬢はいない。ピアノは以前の場所にあるが、その繊細なタッチで、とき折りは暫しの間、荒れ狂う風雨を鎮めることのできた、その人はいってしまったのである。提督は、マーヴェル(10)の言っているように、「自らの運命を、自らの選んだものとする」(11)ことを悟った。彼は雄々しく堪えてはいるが、奔放な機智の閃きを、以前ほどひっきりなしには口にしない。彼の海の歌の聞かれることは、更に稀である。奥さんもまた、叱って直してやる若い人が欲しそうな様子である。みんな若い人のいないのが淋しいのだ。ただ一人の娘が、どれほど親の家を新鮮にし、生き生きさせるかは驚くべきものである。娘が全く片づいてしまわないかぎり、老若ともに、その娘に関心をもつものらしい。この家の若々しさは飛び去った。エミリイは結婚した。

（一八二五年六月「ロンドン・マガジィーン」所載）

〔解説〕

ラムは、一八二三年、たまたまケンブリッジの友人の宅で知った孤児のエマ・アイソラをイズリントンの彼の寓居に引きとった。ラムは、エマを熱愛した。エマは、それから十年を経た一八三三年に、ロンドンの出版業者エドワード・モクソンと結婚した。エドワードは、ラムのかねがね目をかけていた青年で、自分の著作の出版もさせていた。

ラムは、バーニイ提督を語ることによって、やがては一人娘ともいうべきエマを手ばなさなければならない日——エマの去った後の落寞たる生活——を想像して暗然としながら、しみじみと父親としての自己の心境を披瀝したものであろう。

古陶器

私は、女々しいまでに、古陶器に惚れこんでいる。どこか大きなお屋敷を拝見にでかけると、まず陶器戸棚のことをたずね、つぎが画廊である。人間にはすべて、習い覚えて身についたものとはっきり思い出せないほど古い昔の趣味が、なにかしらあるものであるとでも言うほか、私には、この好みの順序の説明のしようがない。連れていってもらった最初の芝居や最初の展覧会は、記憶に残っている。けれども、陶器の壺や皿が、私の頭にはいってきたときのことには覚えがないのである。

遠近法以前の世界の中に、男女のつもりで、まわりに大地もなければ空もなく、宙に浮かんで漂っている、あの小さな、画法を無視した、藍染めの異形の人物のある――陶器茶碗というものを――私は、その当時きらいでなかったが――今になって、どうして嫌いになったりしよう？昔なじみの友人連――この連中は遠く離れても、形が少しも小さくならない[1]――が、空高く浮きあがって（私どもの目には、そうとしか見えない）、けれども、やはり大地に――不合理を防ぐために、殊勝な画家が人物の草履の下に描きだしたひときわ濃い水色の一刷けを、好意でもってそう解釈せねばなるまい――立っているのを見るのが、私は好きなのである。

私は、女のような顔をした男たち、できるものなら更にいっそう女らしい顔をした女連が好きである。

ここの所に若い上品な中国の官人がいて、――二マイルも離れて――盆から婦人に茶を献じている。距離のはなれていることが、すばらしく尊敬の念をひきたてていることにお目をとめられたい！　ここの所には、同一の婦人か、それとも別の婦人か――というのは、茶碗の上では、肖（に）ているということは同一人ということになるのである――この静かな庭の川のこちら岸につながれている、小さな豆のような舟に、上品に気どった足つきで乗ろうとしている。その足が、正しい角度でおちるものとすれば、（私ども人間世界の角度のあり方では）その足は、花の咲いている草地――同じ奇妙な流れの対岸の二町ほどもさきの――に、当然おちなければならないのである。

更に遠くには――彼らの世界にも遠近ということが言い得るものとしてのことだが――鳥や、木や、塔が、円陣をつくって踊っているのにお目をとめられたい。

ここの所では――牝牛と兎がうずくまっていて、それが同じ大きさで――中華の国(2)の清澄な空気の中では、物はそんな風に見えるのである。

昨晩、私は、緑茶（ハイスン）[3]をすすりながら（私どもはいたって古風で、午後などには今でも紅茶をまぜないで飲んでいる）、いまはじめて使っている（近ごろ手にいれたばかりの）藍の染付けの骨董ものの茶器の上の美しい風変りな絵を従姉（いとこ）[4]に説明していた。そして、近年はたいへん境遇にも恵まれて、ときにはこんなちょっとした物で目を楽しませる余裕もできてきたことを口にせずにはおれなかった――すると、茶飲み相手の眉に、ある感情がちらっと通りすぎる気配がみえた。私は、ブリジェットのこうした愁いの雲は目ざとく見つけるのである。

「楽しかった昔が、もう一度かえってきてくれたら……」と、彼女は言った。「こんなにお金持ちでなかった昔が……。貧乏になりたいっていう意味ではないけど。でも、ほどほどという時がありましたわ」――彼女は、そんな風にとりとめもなく喋舌りつづけた――「そのころの方が、私達ずっと幸福だったと思いますの。余分のお金がたっぷりあっては、買物はただ単に買物にすぎない。昔は、それが勝利だったものですわ。ほんの安い贅沢品一つ欲しいとなると（そうでしたわ！　そのころには、あなたを納得させるために、どんなに大騒ぎをしたことでしょう！）――二、三日も前から議論をたたかわせ、買ったがいいか買わぬがいいかを秤にかけて、何から都合したものか、その額に相当するだけの倹約をするには、どんなことがあろうかと考えたものでした。あのころは、物を買うにも、買い甲斐がありましたわ。支払いのお金が身にしみましたから」。

「あまりにひどくぼろぼろになっているので、お友だちみんなから、体面も考えなさい、と言われるまでに、着古していた、あの茶色の洋服を覚えていらっしゃいます？――そして、そんなことになったのも、もとはといえば、あなたがコヴェント・ガーデンのバーカー書店(5)から、夜おそく引きずるようにして持って帰った、あの二折判（フオリオ）のボーモント・アンド・フレッチャー(6)のせいだったでしょう。覚えていらっしゃいます？　二人で買おうと決心のつくまで、何週間もそれを眺め、土曜日の晩のかれこれ十時になって、やっと決心がつき、そのときには、もう手おくれではなかろうかと案じながら、あなたがイズリントン(7)を出かけて行きなすったことを――本屋の爺さんが、ぶつぶつ言いながら店をあけて、ちらちら瞬く蠟燭の光をたよりに（爺さんは、もう寝床の方へ沈みかけていたので）、埃にまみれた宝庫の中から、その聖宝を見つけだしたとき――重くて厄介なものをものともせず、ひきずるようにして持ってかえりなすったとき――あなたが、それを私に手渡して下すったとき――落丁はないかと、二人して調べたとき（これを、あなたは照合と呼んでいらした）――そして、夜明けまで放っておくのは、がまんできぬと言いなさるので、私が、とれかかった頁を何枚か糊で繕っていたとき――貧乏も、なかなか楽しみなものではなかったでしょうかしら？　お金ができて凝り性になっていなさるので、いつも念入りにブラッシのかかっている、いまあなたの召していらっしゃる、あのこざっぱりした黒服は、あのぼろぼろにすりきれた洋服――着古したあの黒服――それを着て、あなたは得意になって歩き廻っていらしたが――その素朴な虚栄心の半分でも、あなたに与えてくれていますかしら？――あなたは、二折判の古本に投げだした大枚十五シリング——それとも、十六シリングだったかしら——その当時は、たいへんなものに思いました——そんな大枚のお金を使った罪ほろぼしに、当然お暇をだしてもよいと思う時から四、五週間も長く着ていらっしゃったのでしたけど。いまは、好きな本はなんなりと買って差しつかえないのですが、あなたが、りっぱな古本の買物を、お家に持って来なさるのを、いまは、あたし、一度だってみたことがありませんわ」。

「私たちが、『雪夫人（レイディ・ブランチ）』と名づけた、あのレオナルド模写の版画に、いうにたりない銀貨を投じたというので、二十度も言訳をしながら、あなたがお家に帰ってきなすったとき。買いたいと思う品を見ては、お金のことを考え——お金のことを考えては、また絵を眺めるとき——貧乏も、なかなか楽しみなものではなかったでしょうかしら？　いまは、ただ、コルナーギ版画店[8]にはいっていって、レオナルドのものをふんだんにお買いになればいいのです。ところで、あなた、お買いになります？」

「それから、覚えていらっしゃいます？　お休みの日には——いまは、お金持ちなので、お休みもその他の楽しみも、すっかりなくなってしまったけど——エンフィールド[9]や、ポッターズ・バー[10]や、ウォールタム[11]へ行った楽しい遊山の思い出を——その日のご馳走に、サラダをあしらったおいしい羊の冷肉を、いつも入れておいた手提籠（てさげかご）を——お昼刻になると、義理にも註文しなければならないビールの代しか払わないですむような、どこか品（ひん）のよいお店はないものかと、あなたが一生けんめい探しまわりなすったことを——そして、お主婦(かみ)さんの顔色をうかがって、テーブル掛けを貸してくれそうかどうかと考えたり——アイザック・ウォールトン[12]が釣りにでかけたおり、リー河[13]の愉しい河畔に幾人となく描いているような、実直なお主婦さんがいま一人いてくれたらと思ったり——ときには、ひどく親切な人もあったり、ときには、苦い顔をしてみせる人もあったり——けれど、釣客(ピスカトル)の『鱒の館(トラウト・ホール)』[14]をちっとも羨んだりはしないで、たがいに元気な顔をして、簡素な食事を、おいしくいただいたことを覚えていらっしゃいます？ いまは——一日の行楽にでかけるにも、それもめったにないことだけど、道の大部分は乗り物——そして、りっぱな旅籠(はたご)にはいって、お金に糸目をつけないで、とびきりのご馳走を註文して——でも、結局は、これでは、どんな待遇をうけるか、どんな顔をして迎えられるか、よろずあなたまかせであった当時の、あの出たとこ勝負の粗末な田舎料理の半分の味わいもありませんわ」。

「あなたは、お高くとまって、いまは、お芝居を見るには、平土間(ピット)ときめていなさる。私たちが、『ヘキサムの戦』[15]や『カレーの降伏』や、『森の子供たち』[16]で、バニスター[17]や、ブランド夫人[18]を見たとき、私たちの定席はどこであったか、あなた、覚えていらっしゃいます？——あのころは、一シリングの立見席に一期(シーズン)に三、四度ゆくために、めいめい財布の底をはたいたものでした——あなたは、私をこんな場所へ連れてくるのではなかったと、しじゅう気にかけていらっしゃるし——それだけに却って、私は、連れてきていただいたことを有りがたく思い——少々恥ずかしいだけに、喜びはいっそう大きく――そして、いよいよ幕があがると、私たちの心は、ロザリンド[19]とともにアーデンの森に、ヴァイオラ[20]とともにイタリアの宮廷にあるのに、劇場のどこにいようと、座席がどこであろうと、なにかまうものでしょう。あなたは、いつも言ってらしたわ、立見席が、観客と一体になって、芝居を見るには最上の席だ――こうした類の見世物の楽しみは、見物の度数の少ないほど大きいものである――立見席で顔をあわす連中は、たいてい芝居を読まない手合いだから、一言でも聞きもらすと穴があいて、その穴の埋めようがないから、舞台の上の仕草にそれだけ注意をする必要があるし、事実注意をしている、と。こんな風に考えて、当時は私たちの自尊心を慰めていたんでしたわ――お聞かせ願いたいんですけど、あたし、女として、その後劇場の上等席での場合よりも、いつも不親切にされたり、ひどい待遇をうけたりしたでしょうかしら。なるほど、中にはいって、不便な階段をもみくちゃにされて登ってゆくのは、全くたいへんでした――でも、やっぱり、他の場所の通路と同じくらい、りっぱに女性に対する礼法は認められていましたわ――そして、ほんのちょっとした困難にうちかったことが、その後、どれほど座席の居心地よさや、芝居の面白味をましてくれたことでしょう！　いまは、ただお金を払って、中へはいってゆけばいいんですわ。立見席では見えないと、あなたは、今はおっしゃる。当時は、たしかに、よく見えもし、よく聞こえもしたんです――けれど、視力も、なにもかもすっかり、貧乏といっしょに逃げていってしまったんでしょう」。

「まだ珍しいうちに、苺を食べるのは——まだお値段の高い間に、豌豆の初物を食べるのは——楽しみでした——そうしたものをお膳に並べて、おいしい夕食をたべるのは、ご馳走でした。いまは、私たちに、どんなご馳走があるかしら？　いま、かりにご馳走をするとすれば——少しでも私たちの分をこえたおいしい物を食べるとすれば、それは、我儘な、いけないことになるでしょう。たがいに言訳をしあって、めいめいの罪をすすんで自分にひきうけながら、ときおり双方の好きな安贅沢に耽るといった場合に——私が、ご馳走をするという意味は、全くの貧しい人たちには、少しばかり手がとどきかねるものを許していただくことなんです。この意味でなら、人々が自分を可愛がっても、害はないと思います。他人を可愛がる道のヒントを得ることにもなるでしょう。けれど、今は、私たちは——私の言っている意味では——決して自分を可愛がってはいないのです。それのできるのは、貧しい人たちばかりです。貧しい人たちといっても、全くの貧しい人たちではなくて、昔の私たちていどの、貧乏よりはちょっとましな人たちのことなんです」。

「分かりますわ、あなたが、なにを言おうとしていらしたか。年の終りに、収支がきっかり出あうのは大きな喜びだ、ということなんでしょう——昔は、大晦日の晩には、いつも支出の超過分の理由をはっきりさせるために、大騒ぎをしたものでしたわ——めんどうな計算やら、どうしてそんなに使ったものか——また、こんなにたくさん使ったはずのないこと——来年はこんなに使うことは思いもよらぬこと――それをはっきりさせるために頭を悩ますやらで、あなたは、いくども浮かぬ顔をなすったものでしたわ――それでも、やっぱり、私たちの乏しい元金は、しだいに減ってゆくことが分って――けれど、あれこれの工夫や、計画や、融通やらをして、将来はこの費用はきりつめ、あの費用はなしですますという話やら――それに、若さのもたらす希望や、（いままで、あなたが決してことかかない）陽気な気持やらで、なくなった物は思いあきらめて、結局は、「なみなみとついだ杯」（あなたの、いわゆる陽気な元気者のコットン氏(21)から、あなたはこの句をよく引用なすったが）をあげて、「新来（しんねん）の客」を迎えたものでしたわ。いまは、旧年の終りになっても、お勘定をすることなどは全然なく――新しい年が一層よい年であってもらいたいと願って楽しむ気持もないのです」。

たいていの場合、ブリジェットはひどく無口なので、油がのってお喋舌りをはじめたときには、その邪魔をせぬように、私は注意するのである。けれども、彼女のいじらしい想像力が、僅かに一年何百ポンドの純収入から描きだした富の幻影には、微苦笑を禁じ得ないのであった。「なるほど、貧しかったときの方が、いまよりも幸福でした。けれども、従姉（ねえ）さん、若くもあったのです。あり余っても、がまんしなければなりますまい。余分なものを海に投げこんでみても、私どもの状態が、たいしてよくなるわけのものでもないでしょうから。私どもが、二人いっしょに育ったとき、苦労の多かったことは、大いに感謝しなければならないと思います。そのために、私どもの間は強くもなり、密接に結ばれもしたのです。今あなたがこぼしていなさる十分の財産が、はじめから私どもにあったとしたならば、お互いの間は、いまのようにはなってはいなかったでしょう。抵抗力というか——境遇では抑えることのできない、若い魂の、あの自然の膨脹——は、とっくの昔に、私どもからは抜け去りました。相当の財産は、老人にとっては青春の埋め合せなのです。なるほど、悲しい補いではあります。けれども、これ以上のものは手に入らないのではないかと思います。以前には歩いたところも、乗り物によらなければなりません。あなたがお話しの、あの楽しかった昔よりは、もっといい暮しをし、もっとやわらかな寝床にねなければなりません——そうすることが、賢明というものでしょう。けれども、あの昔が帰ってくるものならば——あなたと私が、もう一度、一日に三十マイル歩けるものならば——バニスターとブランド夫人が、もう一度、若くなり、あなたも私も若くなって、二人を見物することができるものならば——楽しかった昔の一シリングの立見席の当時が帰ってくるものならば——従姉さん、今では、もうみんな夢なのです——けれども、みごとな絨氈をしいた炉辺で、贅沢なソファーに腰をおろし、こうして静かに論議しているのではなくて、この瞬間、あなたと私とが、かりに——もう一度、あの不便な階段を、わいわいと大騒ぎをして登ってゆく気の毒な立見席の見物人と、押しあい、へしあい、こづきあって登っているとすることができるものならば——もう一度、あなたのあの切ない悲鳴と——やっと階段を登りきって、脚下はるかに賑やかな劇場全体の光が最初に見えてきたときに、いつもそれにつづいた、『やれ、ありがたや、もう大丈夫』という、あの爽やかな声が聞かれるものならば――それを買うためには、私は、いかな測量綱もとどいた例しのないほどの、深い深い奈落の底に、クロイソス[22]の持っていた、あるいは、ユダヤ人の大富豪R[23]――の持っていると想像される富以上のものをも、よろこんで埋めるでしょう。ところで、まあ、ちょっとごらんなさい。あの陽気な小さな中国の給仕人が、あの真青な亭（ちん）のなかの、あのきれいな間抜け顔の、なかばマドンナ風の小柄な婦人の頭上に、寝台の天蓋にもなりそうな、大きな傘をさしかけているところを」。

（一八二三年三月「ロンドン・マガジィーン」所載）

〔解説〕

「幻の子供たち」と共に、このすぐれたエッセイ集の中でも最高峰に位するもので、まことに英文学随筆の花である。

ある日の茶飲話の一刻――おそらくは、二人にとって、最も楽しい一刻であったことと想像されるが――その一刻に、近ごろ買求めた好みの中国茶碗で、これも好みの中国茶をすすりながら、ふと、その絵模様に話の糸口を見つけて、貧しかった、それだけにいっそう懐しい昔の思い出を、ようやく老境に入らんとする姉と弟とが、しみじみと語りあう――、淡々とした慈味あふれる名品である。

あとがき

「エリア随筆」の名は、読者諸子の耳にもなじみ深いものであろうし、その中の幾篇かは既に読まれた方も少なくないであろう。けれども、なにぶん数も多く、それに、まことに渋い。ものがものだけに、そのすべてを熟読玩味することは、必ずしも容易なことではない。天下の絶品、随筆の華と、折紙つきのものではあるが、寝ころんで走り読みして、「ああ面白かった」と、満足できるような種類のものではない。エリザベス朝このみの古雅な文体、該博な知識から引っぱりだされる引用やもじり、笑いもあれば涙もあり、洒落をとばしたり、地口をたたいたり、まことしやかに嘘をつくかと思えば、嘘かと思うその陰に真実がひそんでいたり、もともと薬味にやかましい、この料理人の手のこんだ料理の味をかみわけることは、なみたいていのことではない。

　私が、ここに、彼の随筆中から珠玉中の珠玉ともいうべき十六編をえらんで訳出し、できるだけ詳しい註釈のほかに、各篇ごとに解説を附したのは、「エリア随筆は、どうも分らない」という人たちへの、いくぶんなりともの道しるべの役にたちたかったからである。「こいつは面白そうだ、もう少し読んでみよう」ということになれば、訳者望外の喜びである。

訳　註

南海商会

（1）シャックウェルと共にロンドン北郊の住宅地。家賃が安いので年金生活者がたくさん住んでいた。

（2）南海商会の隣りにあった乗合馬車のでる旅館の名。

（3）『オシアンの歌』からの引用。ラムの註では、

　　我バルクルーザの城壁を過ぐ、
　　城壁は荒廃せり。

とあるが、原詩の文句とは多少異っている。

（4）スチュアート家の最後の王。ハノーヴァー家へとつづく。この女王のときに、南海商会は設立された。

（5）ハノーヴァー家。したがって、最初の王様二人とはジョージ一世及びジョージ二世をさす。

（6）ミルトンの『コーマス』からの引用。

（7）南海商会というのは、スペイン王位継承戦争のために生じた負債をカヴァーするために、南米の東西海岸及び島嶼部の利権を独占して、アン女王治世の一七一〇年に設立された半官半民の貿易会社。この会社の株は、設立当初非常な人気をよんで、株価は日に日に続騰し、一〇〇ポンドの株が一、〇〇〇ポンドにまでも鰻上りに昇る始末。国民は黄金熱に浮かされて盲目的に投機する。やがて暴落の冷い嵐がおそう。そのために倒

（8）産者は数しれず、巷のいたるところに悲劇がおこる。これが有名な「南海商会泡沫事件」である。

（9）一六〇五年国会開会の日、国王ジェイムズ一世をはじめ国会議員連を爆殺しようとした火薬陰謀事件。ヴォークス即ちガイ・フォークスは翌年処刑された。

（10）ポンペイと共に、七九年ヴェスヴィオス火山の爆発で埋没したローマの都市。

（11）吸取紙の出現以前、インクのちりどめに用いられる粉をいれた箱。

（12）旧約聖書「創世記」中にある言葉で、種々雑多なものの集まりをいう。

（13）フリート街にあったコーヒーハウス。

（14）有名な博物学者。『ロンドン物語』という著書がある。一七二六－九八。

（15）セント・ジェイムズ公園内にあったが、自殺者が多いために一七七〇年に埋められた。

（16）バッキンガム宮殿のある位置にあたる。ジェイムズ一世が、桑の木をたくさん植えたところから、この名がある。

（17）ロンドン生まれの有名な諷刺画家、ラムにはこの画家を論じた「ホガース論」がある。一六九七－一七六四。

（18）画の場面はホッグ・レインにあるフランスの新教徒の礼拝堂。

（19）一六八五年、ルイ十四世は、一五九八年にヘンリイ四世の制定したナント勅令を廃止し、新教徒を迫害して国外に追放した。

（20）セヴン・ダイアルズと共に貧民街として有名であった。

（21）スチュアート家の忠臣で、最後の伯爵二人は、それぞれ一七一五年と一七四五年の叛乱に連坐して処刑された。

（22）ギリシア神話にでてくる竪琴の名手。

〔原註〕その後聞くところによれば、現在の部屋の借主はラム氏で、粒よりの絵画、とりわけ珍品ミルトン

の肖像を所持して喜んでいる仁、私もその絵を拝見に出かけ、同時に昔なつかしの場所を見て思い出を新たにする所存。ラム氏は全くいんぎんな、話ずきの蒐集家の性格を具えた仁である。

〔訳者註〕ラム氏とあるのは筆者の兄ジョン・ラムのこと。はっきりとしている事実を、あいまいにぼかし
てしまうのは、ラムが始終もちいる手。

(23) 富裕ではあるが愚かなパトロンの意。アポロとパンとの音楽の技術争いに、マイダス王はパンの神に軍配を
あげ、その罰として自分の耳を驢馬の耳に変えられたという故事から、音楽に耳のないことも諷している。

(24) 旧約聖書「箴言」第二十六章に「惰者(おこたるもの)は途に獅(しし)あり、衢(ちまた)に獅ありという」とある。

(25) シェイクスピアの戯曲『ハムレット』中の人物。ノルウェイ王。

(26) 『ハムレット』第四幕第四場におけるハムレットの台詞。

(27) 一七〇二年出版の『故ヘンリイ・マン氏散文詩文集』。

(28) シェイクスピアの戯曲『トロイラスとクレシダ』よりの引用。

(29) 「クロニクル」紙と共に、十八世紀におけるロンドンの有名な新聞。

(30) チャタム伯、ウィリアム・ピット。当時の宰相。

(31) シェルバーン伯、ウィリアム・ペティ。当時の宰相。

(32) ロッキンガム侯、チャールズ・ウェントワース。当時の宰相。

(33) アメリカ独立戦争に参加した英国の海軍提督。

(34) クリントンと共に陸軍大将。アメリカ独立戦争に参加。

(35) アメリカの独立戦争をさす。

(36) 不正行為のために失格した海軍大将。

(37) ソーブリッジ、ブルと共にロンドン市長。

(38) 牧師、後のアシュバーン伯。
(39) 裁判官、後に大法官となる。
(40) ロッキンガム侯と親交のあった当時の政界の大立物。
(41) ラムの祖母メアリイ・フィールドが、五十年の長きにわたって家政婦をしていた、ラムにとってのゆかりの家。
(42) 紋章学上の言葉をもじってきたもので、家系の上では正統でないことを意味し、人相の方では香しからぬことを意味する。
(43) イタリアは放蕩の土地。
(44) ブレイクスウェアのウィリアム・プラマー。
(45) 当時、政府の役人と国会議員は郵便物を無料で送る権利をもっていた。その権利をウォールターがマールボロー公爵夫人に譲ったことが問題となり、両者ともども下院に召喚されたというのが、この事件であるが、実はこのことを問題にしたために、ケイヴが下院に召喚されたというのが事実であって、ケイヴは当時下院内の郵便物無料送達事務局の役人をしていた。
(46) 年金係長のメイナード。縊死した。
(47) このあたり、シェイクスピアの戯曲『お気に召すまま』の第二幕第七場参照。
(48) ギリシア南部の一地方、古来風光の美と人情の淳朴とでしられ、詩人たちにしばしば理想境として歌われている。
(49) 白鳥は、まさにその死せんとするや、妖しくも美しき声にて歌う、と言い伝えられている。
(50) シェイクスピアの戯曲『じゃじゃ馬馴らし』の序曲第二場に、これら両者の名前が見えるが、いずれも実在しない人物。

除夜

（1）コールリッジの「去りゆく年によせる賦」からの引用。
（2）ポープ訳ホメロスの『オデュッセイア』からの引用。
（3）アリス・ウィンタートン、本名アン・シモンズ。ハーフォードシァー生まれの金髪明眸の乙女。ラムの若き日の恋人。けれども、この恋は実を結ばなかった。
（4）腹黒の弁護士。ラムは、その詩の中で、この男のことを、「カタリの遺言状の偽造者」ともいっている。
（5）ラムの母校。ラムはここで、親友コールリッジを知った。彼のエッセイのなかに「三十五年前のクライスト学院」がある。
（6）旧約聖書「ヨブ記」第七章六節に「わが日は機（はた）の梭よりも迅速なり、我望む所なくして之を送る……」とある。
（7）ウェルギリウスの『アエネーアス』からの引用。神々の命によって、アエネーアスはトロイの陥落後、家来を従えてイタリアのこの地に移った。すなわち故郷をはなれて異郷の地に住む意。
（8）マシュー・ロイドンの「フィリップ・シドニイ卿を哀悼する歌」からの引用。
（9）旧約聖書中の一篇「ソロモンの歌」ともいう。
（10）日の神アポロ。したがって、フォイボスの病弱の妹とは月（フォイベー）をいう。
（11）ペルシア人は太陽を崇拝する。
（12）ラブレーの『ガルガンチュワ』中にあらわれるセヴィリアの豪僧で、十字の杖で敵を散々打擲しながら、「地獄の悪魔に引き渡す」という定り文句で罵倒した。

(13) サー・トマス・ブラウンの『ハイドリオタフィア（壺葬論）』からの引用。
(14) デイヴィッド・マレットのバラッド「ウィリアムとマーガレット」中の一節。
(15) ラムの愛読書『釣魚大全』の著者アイザック・ウォールトンの親友で、その続篇を書いている、詩人。一六三〇 - 八七。
(16) ローマの神、前後それぞれに面をもち、過去と未来を同時に見るという。
(17) 太陽をさす。
(18) ミューズの神々の住まうギリシアの山、この山に二つの泉がある。ここでは詩をさしている。

ヴァレンタイン・デイ

(1) 三者ともに四世紀から五世紀にかけての師父。
(2) 聖アウグスティヌスのこと、彼は、洗礼を受けないで死んだ幼児の魂は地獄に落ちる、と考えていた。
(3) 学識ふかき師父で、バイブルの解釈を試み、男根切断を神聖の手段として主張したが、後にはその誤謬なることを認めた。
(4) いずれも十六世紀ころの英国国教の聖僧であるが、これらの名前をあげたのは、ヴァレンタイン僧正は、これら世の常の聖僧とちがって、色恋の道に理解のある、ものの分った僧正であることを言わんがためである。
(5) ミルトンの『失楽園』からの引用。
(6) 畳めるようにバネ仕掛けで伸縮自在になっている。
(7) シェイクスピア劇『十二夜』第二幕第四場からの引用。
(8) シェイクスピア劇『マクベス』第一幕第五場参照。ダンカン王が、やがてマクベスの毒手にたおれる運命を予告する不吉な鴉の鳴き声である。

(9) エドワード・フランシス・バーニィ(一七六〇‐一八四八)、肖像画家で挿絵画家。

(10) 有名なローマの詩人(前四三‐後一七)、『変身物語』は、その代表的作品。

(11) バビロニアの伝説、相愛の二人は、親の看視からのがれて逃亡の約束をし、ティスベーが先ず約束の場所に来たところ、ライオンがいたので驚いて逃げ去る。ピラモスは、ティスベーの姿が見えないのでライオンの犠牲になったものと早合点して自殺する。やがて、戻って来たティスベーはピラモスの亡骸を見て、これまた自殺する。

(12) カルタゴの女王、アエネーアースに恋をするが、彼が彼女を捨ててアフリカを去ったとき自殺した。

(13) ギリシア神話中の物語、アビュドスの若者レアンドロスは対岸のセストスの娘ヘーローと恋に落ち、娘が塔上にかざす炬火を目標に夜ごと海峡を泳ぎ渡って女の許へ通った。こうするうちレアンドロスは、一夜嵐のために力つきて溺死する、しかし、その亡骸は、なお女を恋うるものの如く、女の住む浜辺に流れよる。これを見て、女も悲嘆の極、自らも海中に身を投じて若者の後を追う。

(14) リディアの河、詩人たちによって野生の白鳥の群れ遊ぶ河として歌われている。

(15) シェイクスピア劇『ハムレット』第四幕第五場のオフィーリアの言葉のもじり、なお、オフィーリアは哀れな最後をとげたので、「オフィーリアの未来に似ることなきように」との文句があるのである。

私の近親

(1) ドイツの有名な神学者、『キリストの模倣』はその主著、一三八〇‐一四七一。

(2) キリスト教の一派で三位一体を否定する唯一神教。

(3) 兄のジェイムズと姉のメアリイを、この随筆集の中ではそれぞれ従兄姉として取り扱っている。
(4) 『トリストラム・シャンディ』の著者ローレンス・スターンの筆名。次にあるシャンディ風とは、この『トリストラム・シャンディ』をさす。
(5) イタリアの画家で建築家、一五八一－一六四一。
(6) 豪勇をもって鳴るチャールズ十二世、一六八二－一七一八。
(7) ロンドンの西方二十二マイル、テムズ河畔にある有名な学校。一四四〇年ヘンリイ六世によって創立された。
(8) フランスの有名な風景画家クロード・ロラン、一六〇〇－八二。
(9) オランダの有名な風景画家マインデルト・ホッベマ、一六三八－一七〇九。
(10) 共にロンドンのペル・メル街にある骨董店。
(11) ロンドンの有名な繁華街。
(12) ポープの詩からの転用、シンシアは月の女神。
(13) カルラッチ家からは三人の画家がでている。まずラファエロの筆だということで珍重されたマドンナの絵が、つぎにはカルラッチ家のAの筆だ、Bの筆だ、Cの筆だとしだいに価値を減じてゆくことを言ったのである。
(14) いずれも十七世紀のイタリアの凡庸な画家。
(15) シェイクスピア劇『リチャード二世』第五幕第一場よりの引用。
(16) フランス王シャルル六世の娘イザベル。
(17) スペンサーの『神仙女王』からの引用。
(18) 奴隷廃止運動に献身した、『奴隷売買廃止の歴史』なる著書がある。一七六〇－一八四六。
(19) ワーズワースがクラークソンを歌ったソネット中の文句。

初めての芝居見物

(1) 正しくはドルゥリイ・レイン座、ラムの生まれたテンプルからは目と鼻との位置にあった。初めて開場したのが一六六三年、一六七二年焼失。一六七四年再建されたが、一八〇九年またもや焼失した。その後一八一二年に三度つくられている。有名な女優ネル・グウィンは、初めこの劇場の蜜柑売りであった。

(2) デイヴィッド・ギャリック。有名なシェイクスピアの悲劇役者、一七四七年から七六年までこの劇場の持主でもあった。一七一七 - 七九。

(3) 正面二階下の座席。ボックス席の下、ストール席の後の位置。

(4) フィールド。ラムの母方の遠縁にあたる人らしい。

(5) アイルランド生まれの有名な戯曲家、ギャリックの後をついで、ドルゥリイ・レイン座の座主となった。一七五一 - 一八一六。

(6) これは事実に相違している。リンリイは、当時両親の膝下にあった。

(7) シェリダンと結婚したのは、作曲家トマス・リンリイの娘で有名な声楽家エリザベス・アン・リンリイである。このあたりラムの思いちがいか、それとも綾？

(8) vice versa「……の代りに」の意味のラテン語。

(9) ローマの哲学者、ネロに教えて、ネロに殺された。二 - 六五。

(10) ローマ第一流の学者。前一一六 - 前二七。

(11) 『アラビアン・ナイト』を読んだときに頭に浮かぶ夢のような情景を意味する。

(12) ニコラス・ロウ（一六七四 - 一七一八）の校訂版。

(13)『トロイラスとクレシダ』の第五幕第二場参照。
(14)歌劇『アルタクセルクセス』の合唱の冒頭の文句。
(15)英国の作曲家トマス・アーン作の歌劇、一七六二年の作。
(16)ペルシア王、この王とヘブライの予言者ダニエルとの物語については旧約聖書「ダニエル書」第六章参照。
(17)古代ペルシアの首都。
(18)パントマイムの主役、身体に密着した、ピカピカ光る小さな金属片のついた服を着け、時に仮面をかぶることもある。手に持つ杖の魔力のために他からは姿が見えないのを利用して、盛んに悪戯をする。
(19)フランスの殉教者、刎ねられた自らの首を手にもって墓場まで四マイルも歩いたという。
(20)喜劇作者兼喜劇役者、ランなるペン・ネイムを用いた。一六八一 - 一七六一。
(21)古代英国の伝説上の王。ロンドンは「ラッドの町」の意。
(22)ウィリアム・コングリーヴの一七〇〇年の作。この喜劇は、一七八〇年十月三十一日にドルゥリイ・レイン座で上演されている。
(23)齢六十にして十六娘の内気さを気どったという同劇中の人物。
(24)パントマイムにおいて、ハーレクィンと共に道化役。パンタローネの娘コロンバインに惚れるが、ハーレクィンに横どりされる。
(25)ラムの生まれたテムズ河畔のテンプルの地域内にある聖メリイ教会のこと。中世紀にテンプル騎士団によって建立されたもので、十字軍戦士の墓がある。
(26)アイザック・ウォールトンの『釣魚大全』中の「蝗や、ある種の魚は口をもたないが、育って呼吸している……どんな風にしてだか知るよしもない」からもじったもの。
(27)ローマの詩人ルカーヌス作の「ファルサリア」中の言葉。

(28) トマス・サザーン作の『運命の結婚』中の尼、シドンズ夫人の出世役。一七八二年ドルゥリイ・レイン座で初演。
(29) シェイクスピア役者ケンブル兄弟の妹、英国屈指の悲劇役者、殊にマクベス夫人に扮しては定評があった。

現代の女性尊重

(1) イングランド銀行の北側を走っている通りで、銀行や会社が多い。
(2) トマス・エドワーズ、ペイスの伯父、批評家で詩人。
(3) スペンサーの『神仙女王』中の礼節豊かな騎士。
(4) アーサー王の円卓騎士中、武勇の誉れ高い典型的な騎士。

食前感謝の祈り

(1) エドマンド・スペンサー（一五五二?‐九九）の作品。
(2) 従来のかたっくるしい宗教から解放された、のびのびとした宗教の信者というほどの意。ラブレー（一四九四?‐一五五三?）はフランスの僧侶で諷刺作家、当時の宗教の腐敗を痛烈にやっつけている。
(3) ラテン語で「人間」の意。意味ありげにふざけて言ったもの。
(4) 旧約聖書「申命記」第三十二章第十五節参照。
(5) ローマの詩人、『アエネーアス』の作者、前七〇‐前一九。
(6) 『アエネーアス』にでてくる化鳥。

(7) 半人半禽の化物、どんらんあくことをしらない。
(8) ミルトンの作品。
(9) ローマの皇帝、有名な美食家。
(10) キリスト。
(11) エリア。
(12) ヘブライの予言者。
(13) 旧約聖書「列王記」上巻第十七章及び第十九章参照。
(14) コールリッジ。
(15) ジョンソン博士。
(16) 旧約聖書「サムエル記上」第五章に「ペリシテ人神の櫃をとりて之をダゴンの家にもちきたりダゴンの傍におきぬ」とある。
(17) フランスのグルノーブル附近のブルーノ派の本山、この派は粗衣・粗食、戒律がきわめてきびしかった。
(18) オクスフォードシャーの一村。ピッグ（豚の意）という名前の男がいて、オルガンを弾いたというところから、豚がオルガンを弾くとなったもの。
(19) 二世紀のギリシアの諷刺家、当時の宗教を痛烈に皮肉っている。
(20) ラムの親友チャールズ・ヴァレンティン・ル・グリース。
(21) 「牧師がいなくて有りがたい」という意味と、感謝の祈りの言葉をひっかけたもの。
(22) ラムの卒業したクライスト学院。
(23) ホラティウスのラテン文の借用。
(24) 安チーズには虫のわくことがあるが、その虫をグッド・クリーチャーズとひっかけたもの。

(25) ウェルギリウスの『アエネーアス』からの借用。

幻の子供たち――夢物語

(1) ハーフォードシャーのブレイクスウェアのプラマー家で五十年間も家政婦を勤めたラムの祖母メァリイ・フィールド。

(2) 実はハーフォードシャー。

(3) パーシイの『古謡拾遺集』中に収められている民謡で、リチャード三世が、その甥を殺害した顚末を諷して歌ったものといわれている。その梗概は、ノーフォークのある紳士が、死にのぞんで、二人の幼児を、莫大な財産と共に子供たちの伯父に託した。心よからぬ伯父は、財産横領の目的で、幼児の殺害を悪漢に依頼した。ところが、途中悪漢は慈悲の心をおこして、子供たちを「ウェイランドの森」にすてた。その夜、子供たちは寒さと恐怖のために死んでしまった。やがて、悪漢の自白によって、非道の伯父は罪にとわれ獄死した。

(4) 第十六節に、

　この愛(いと)おしき兄弟を
　埋葬(はふ)る人とてなかりけり
　情にあつき駒鳥は
　亡骸(むくろ)に木の葉うちかけぬ

とあるのを指したもの。

(5) ジョン・ラム、作者の兄。

（6）アリス・ウィンタートン、本名はアン・シモンズ。ラムの恋人。
（7）ラムの恋人アン・シモンズの夫となった人、ロンドンの質商。
（8）地獄にある河の名で、霊魂はその河岸に坐して、肉体の与えられる日を待つという。
（9）作者の姉、メアリイ・ラム。ラムはこの姉と共に、生涯独身生活を送った。

煙突掃除人の讃

（1）『マクベス』第四幕第一場からの引用。
（2）樟科の樹木。
（3）ロンドンの西郊。
（4）ロンドンの有名な野菜市場のあるところ。
（5）十八世紀の有名な諷刺画家。
（6）英軍がスコットランドへの進発に際して、送る者送られる者の混雑の中に、この状景に見いっているパイ売りの頭にのせた大盆から、隙をうかがって一人の男がパイを盗んでいる。これをみて、煙突掃除の小僧が、腹の皮をよじらせて笑いこけている図。フィンチリイはロンドン北郊の宿場。
（7）ミルトンの『コーマス』からの引用。
（8）「子供を失った母親」の意、旧約聖書の「エレミヤ書」の中に「ラケルその児子のために嘆き、その児子のあらずなりしによりて慰めをえず」とある。
（9）名門の子エドワード・モンタギューはウェストミンスター校から逃亡して煙突掃除人になった。一家は死んだものとあきらめていたところ、ある紳士が街路上で少年を発見して実家に連れもどった。

(10) ロンドンのストランド街にあったハワード家の邸。
(11) アイネーアスの子、即ちヴィーナスの孫。
(12) 十二使徒の一人、十二世紀以来セント・バーソロミュー祭にあたる九月三日には、スミスフィールドで盛んな定期市が開かれた。
(13) ロンドン市内の有名な家畜市場。
(14) 「輝くもの必ずしも金にあらず」をもじったもの。
(15) 実は彼の親友ジョン・フェンウィック。
(16) ロチェスター伯ジョン・ウィルモット。チャールズ二世の廷臣で詩人、酒にひたり情事の強者。
(17) ベン・ジョンソンの「セント・バーソロミューの定期市」にでてくる豚女。
(18) 煙突掃除人の黒衣を僧侶の衣に見たてたもの、僧侶は王様についで地位が高い。
(19) ブラッシという言葉の中に「煙突掃除人の掃除用の刷毛」のほかに「画筆」の意味を含めている。したがって、「近代的な刷毛が、月桂樹の枝で作った原始的な刷毛にとって変るように」即ち「煙突掃除人の繁栄を祈る」という意味のほかに「画筆（即ち平和）が月桂樹（即ち戦勝）にとって変るように」という意味を含めている。
(20) シェイクスピアの『シンベリン』よりの引用。

豚のロースト談義

(1) トマス・マニング、数学者で旅行家、中国・チベットまで旅行している、ラムの親友。
(2) 孔子が『易経』を書いたはずもない。このあたりラムの全くの戯れ。

(3) 「厨房」の意であるが、この字をもってきたのも別に深い意味がある訳ではない。
(4) 以下、ラムのユーモラスな筆に注意。
(5) 例の有名な英国の哲学者、ここに引っ張りだしてきたのは、単なるラムの思いつき。
(6) イスラエル人がアラビアの荒野を逍遥っているとき、神が天から降らして与えたもうた食物。旧約聖書の「出エジプト記」の第十六章参照。
(7) コールリッジの「幼児碑文」からの引用。
(8) シェイクスピアの『リヤ王』第三幕第四場の「わたしはお前たちにみんなくれてやった」の引用。
(9) エドマンド・バークの「武侠の時代は去った」をもじったもの。子弟の教育法としての笞刑と豚の風味をますための笞殺の両者の意をひっかけている。
(10) フランスにあるジェスイット派の学校、ラムはこの学校に在学したことはない。

H――シャーのブレイクスムア

(1) ハーフォードシャーのブレイクスウェアにあるプラマー家の旧邸。
(2) エイブラハム・カウリー、十七世紀の英国の詩人、エッセイスト。
(3) ローマの詩人、有名な『変身物語』の作者。この詩集は神話を集めたものである。
(4) 猟人アクタイオンは、ある日女神ディアーナが谷川に浴する姿をぬすみ見た。これを知った女神は怒ってアクタイオンを鹿の姿にかえた。彼の猟犬は主人の変身である鹿をおそって噛み殺した。ここの所はおそらく、アクタイオンに角が生えかかって鹿に変身するところの図であろう。
(5) 森の神マルシュアースは日の神アポロに音楽の競技をいどんで破れ、アポロのために木にしばられて皮をはがれる。
(6) アポロ神。
(7) ラムの祖母フィールドだという説と、作者の頭の中で作りあげた架空の人物だとする説とがある。
(8) 十七世紀の英国の詩人アンドルー・マーヴェル。
(9) ノーフォーク公、英国の名門。
(10) 先祖はウィリアム征服王にしたがってフランスより渡英してきた同じく英国の名門。
(11) 騎士が叛逆罪等を犯した場合、金の拍車は踵から切りはなされた。
(12) ガーター勲爵士が、その名誉を辱しめたとき、ガーターは裂きとられた。
(13) 紋章楯の両側には、普通動物の姿が描かれているが、時に一方が動物で一方が人間の場合もある。
(14) プラマー家をさす。
(15) アリス・ウィンタートン、実はアン・シモンズ。
(16) ローマ皇帝、暴君として有名。
(17) ネロにつづいてのローマ皇帝、臣下に殺された。

書物と読書についての断想

(1) サー・ジョン・ヴァンブラ（一六六四－一七二六）作の喜劇。
(2) 有名な同姓の政治家の孫にあたる三代目の伯爵、倫理学方面の著書がある。
(3) フィールディングの小説の主人公、実在の泥棒をモデルにしたものといわれている。
(4) デイヴィッド・ヒューム、『英国史』の著者、一七一一－七六。

(5) エドワード・ギボン、『ローマ帝国衰亡史』の著者、一七三七 - 九四。
(6) ウィリアム・ロバートソン、スコットランドの歴史家、一七二一 - 九三。
(7) ジェイムズ・ビーティー、スコットランドの詩人、随筆家、一七三五 - 一八〇三。
(8) 十八世紀の随筆家、一七〇四 - 八七。
(9) ウィリアム・ペイリイ、英国の神学者、哲学者、一七四三 - 一八〇五。
(10) トマス・マルサス(一七六六 - 一八三四)の著書。
(11) リチャード・スティール。アディソンと並んで、十八世紀の有名な漫文家、喜劇作者、一六七二 - 一七二九。
(12) ジョージ・ファークワー、十八世紀初頭の劇作家。
(13) 『国富論』の著者。
(14) スイスの医者、煉金術師、一四九三 - 一五四一。
(15) スペインの煉金術師、一二三五 - 一三一六。
(16) ジェイムズ・トムスン、スコットランドの詩人、一七〇〇 - 四八。
(17) フィールディングの代表的小説。
(18) ゴールドスミスの代表的小説。
(19) スモーレット、スターンと共に、十八世紀の英国の代表的作家。
(20) 『オセロ』の第五幕第二場からの引用。
(21) 公爵夫人マーガレット(一六二四 - 七三)の書いたもの。
(22) エリザベス朝の延臣、詩人。
(23) 十七世紀の説教家、『聖なる生と聖なる死』の著者。
(24) トマス・フラー、十七世紀の随筆家、ラムの文体はこの人の影響もうけている。

(25) ニコラス・ロウ（一六七四―一七一八）の校訂で、有名なロンドンの書店主トンソンの出版したもの。
(26) チャールズ・ヒースの版画のはいったシェイクスピア全集。
(27) シェイクスピアと同時代の劇作家、フランシス・ボーモントとジョン・フレッチャー、両人合作の劇が十三篇ある。
(28) 十七世紀の奇人ロバート・バートンの著した珍書。
(29) シェイクスピア生地の教会。
(30) エドモンド・マローン、シェイクスピアの校訂全集を出した、アイルランド生まれの有名な学者。問題の事件は一七九三年におこった。
(31) この州の中に、ストラトフォードの町はある。
(32) クリストファー・マーロー（一五六四―九三）のこと。
(33) マイケル・ドレイトン、エリザベス朝の詩人。
(34) 十七世紀のスコットランドの詩人。
(35) ミルトンと同時代の詩人、随筆家。
(36) エドマンド・スペンサー（一五五二?―九九）の有名な作品。
(37) エリザベス朝の高僧。
(38) 『冬の夜話』と共に、シェイクスピアの作品。
(39) ロンドンの目抜きのフリート街にあった有名なコーヒーハウス。
(40) ジョン・トービン、ラムと同時代の劇作家。
(41) 『コーマス』と共にミルトンの作品。
(42) 宗教を諷刺した、ヴォルテール（一六九四―一七七八）の小説。

(43) ロンドンの西北にある丘。
(44) リチャードソンの書いた書簡体の小説、「小間使のパミラが好色の若主人の誘惑をしりぞけ、やがて結婚して改心させる」という筋。
(45) ニューゲイトからホーボーン橋までの往来の名、一八〇二年にスキーナー街と改名された。
(46) ナサニエル・ラードナー、ユニテリアン派の牧師、一六八四‐一七六八。
(47) トマス・グレイ（一七一六‐七一）の『イートン学院の遠望』からの引用。
(48) マーティン・バーニイ、バーニイ提督の一人息子で、ラムの親友。
(49) リチャードソンの長篇『クラリサ・ハーロウ』全七巻。
(50) ラムの姉メアリイ。

懐しのマーゲイト通いの船

(1) ロンドンの西方三十六マイル、テムズ河畔の町、ボート・レイスで有名。
(2) 実は姉のメアリイ・ラム。
(3) ブライトン、イーストボーン、ヘイスティングズともに英国海峡にのぞむサセックス海岸の有名な海水浴場。
(4) ケント州のサネット島にある海水浴場。
(5) 火の神ヘフェストスは、ゼウスの妻ヘラの命をうけて、スカマンドロスの河に火を放って水を涸らせた。
(6) ロンドンの下町にあった通りの名。
(7) シェイクスピア劇『あらし』に出てくる妖精の名で、島流しの憂き目をみているプロスペロ公の忠実な奉仕者。

(8) 北大西洋にあるポルトガル領の島。
(9) 共にロンドンの繁華街。
(10) (軽蔑的な意味を含めて) ロンドン児。
(11) カリマニアはペルシア湾の北岸にあった広い領域。
(12) エジプトにいると言われている伝説の鳥で、五〇〇年ながらえて、まさに死なんとするときアラビアに飛来し、自ら身を焼いて灰となり、その灰から新しく幼鳥が生まれると言われている。
(13) シェイクスピア劇『マクベス』第一幕第五場からの引用。
(14) 古代の世界七不思議の一つで、港に両脚をひろげて立っていたと言われる巨大な青銅の像、建立後まもなく地震のために破壊された。
(15) ケント州の北部海岸にある村の名で、この村の古い教会の双塔は航海者の目標となっていた。
(16) 共に南米にある大河。
(17) スペインのビスケー州北方の湾。その風浪で有名。
(18) トムスンの『四季の歌』よりの引用。
(19) シェイクスピア劇『あらし』第一幕第二場よりの引用。
(20) スペンサーの『神仙女王』よりの引用。
(21) 南米チリー沖にある島で、ロビンソン・クルーソーが漂流した島といわれている。
(22) ウォールター・サヴェジ・ランドー (一七七五－一八六四) の詩。
(23) 英国中部にある海から遠く離れた州。
(24) ラムの愛読書であるアイザック・ウォールトンの『釣魚大全』の中に、ウグイは馬鹿な魚となっている。
(25) シェイクスピア劇『マクベス』第一幕第五場よりの引用。

(26) テムズ河の上流の町。
(27) ロンドンの下町の中心地。
(28) トマス・ランドルフ(一六〇五 - 三四)の詩からの不正確な引用。チープサイドもロンバードも共にロンドンの繁華街。

年金生活者

(1) ローマの詩人、この文句は彼の『牧歌』からの引用。
(2) アイルランドの劇作家ジョン・オキーフ、但しこの文句はジョージ・コールマンの作品中にあるもので、ラムの覚えちがいであろうと、註釈者はいっている。
(3) イングランド銀行とロンドン塔との間の横町、ラムの勤めていた東インド会社は、すぐ近くのレッドンホール街にあった。
(4) レイシイの頭文字、仮名。
(5) ボーザンクェットの頭文字、仮名。
(6) 会社の重役連の仮名を連ねたもの。
(7) フランス革命で有名な例のパリ郊外の牢獄。
(8) 劇作家トマス・ミドルトン(一五八〇 - 一六二七)の作品からの引用。
(9) 十七世紀の劇作家、詩人。ドライデンの義兄、一六二六 - 九八。
(10) チェインバーズの略。
(11) ドッドウェルの略。

(12) プラムリイの略。

(13) 十六世紀のロンドンの有名な富豪。

(14) ロンドン市長で有名な富豪、一三六〇 - 一四二五。

(15) トマス・アクィナス、十三世紀のイタリアの高僧、神学者。

(16) 流行品などを売る店の連った賑やかな通り。

(17) レストランなどの多い通り、当時は古本屋が多かったのであろう。

(18) 一六六六年の有名なロンドン大火の記念碑の近くの横町。次のフェンチャーチ街と共にラムの通勤の道筋。

(19) トラファルガー・スクェアの西の通り、ロンドンの中心地。

(20) エルギン卿（一七六六 - 一八四一）が、一八一五年アテネの廃墟から発掘して持ってかえった大理石のギリシア彫刻、大英博物館に陳列されている。

(21) 次の暗黒月曜日を引きだすための前置きの言葉で、「あの色の黒いエチオピア人を白くしたものは（即ち暗黒月曜日を暗黒ならざる月曜日としたものは）一体どんな魔力によったものであろう」という意味である。

(22) 楽しい日曜日が終って、これから又一週間いやな勤めをしなければならないので、「暗黒」の文字を冠したのである。したがって、退職という魔力を用いれば暗黒月曜日は消えてなくなる訳であるが、これに反して、エチオピア人を白くする魔力はない。

(23) ロンドンから二十マイル、テムズ右岸の町、王宮があるので有名。

(24) ローマの詩人、哲学者。前九五 - 五五。彼の詩に、

　楽しき哉、「嵐狂いたつとき」、

　岸に立ちて、他の「波浪の苦しみ」を見るは。

とある。

(25) シェイクスピア作『ハムレット』第二幕第二場からの引用。

婚 礼

(1) バーニイ海軍大将、ラムの親友で、ラムの家で毎週会合が行われた「水曜会」の常連の一人。
(2) ジョン・ペイン。バーニイ提督の娘サラとは従兄妹にあたる、二人は一八二一年四月に結婚した。
(3) 月の女神、森の女神でもある。
(4) トロイ戦争の際のギリシア軍の総大将アガメムノンの娘、父を救うためにダイアナの生贄となって海中に身を投じた。
(5) チープサイドの隣りのロンドンの町名。
(6) 王立軍医学校長リイ・トマスの家。
(7) 作者が観客に挨拶をするため舞台に上る場合、黒服は結構ということになっている。
(8) 古インドの『寓話集』の作者ということになっているが、実在の人物ではない。
(9) シェイクスピア作『リチャード二世』の第五幕第二場からの引用。
(10) アンドリゥ・マーヴェル、十七世紀の英国の詩人、一六二一‐七八。
(11) 「自らの運命に安んじて、不平不満をもたない」といったほどの意。

古陶器

(1) 遠近法がないためであるが、「去る者は日々に疎し」という人間界の掟が、この世界では通用しないという

(2) 洒落の意味をひっかけている。「霧の深いロンドンでは、遠近法即ち物の大小がはっきりしているが」と、皮肉を含めたユーモアである。

(3) 中国の緑茶、熙春茶。強いので普通には紅茶をまぜて飲んでいた。

(4) ブリジェット、即ち実は姉のメアリイ。

(5) コヴェント・ガーデンのラッセル街にあった古本屋で、ラム一家はその隣りに住んでいたことがある。

(6) シェイクスピアと同時代の劇作家である両人合作の作品。

(7) セント・ポール寺院の北方二マイルの地点にある教区。ラム一家は一時この教区内に住んでいたことがある。

(8) ペル・メル街にあった有名な版画店。

(9) ロンドンの北方十マイル、ミドルセックス州にある町、ラム一家は、後年この地にも住んだ。

(10) ロンドンの北郊、ミドルセックス州にある村。

(11) エセックス州にある小さな町。

(12) ラムの愛読書『釣魚大全』の著者、一五九三－一六八三。

(13) テムズ河の支流で、ミドルセックス州とエセックス州の境をなしている。

(14) 『釣魚大全』に出てくる旅館の名。

(15) 『カレーの降伏』と共に、ジョージ・コールマン（一七六二－一八三六）作の喜劇。

(16) トマス・モートン作の喜劇。

(17) 有名なシェイクスピア役者ギャリックの弟子で、当時の人気役者。

(18) アイルランド出身の当時の人気女優。

(19) シェイクスピア作『お気に召すまま』の女主人公。

(20) シェイクスピア作『十二夜』の女主人公。

(21) アイザック・ウォールトンの親友で、『釣魚大全』の続篇の作者。「除夜」の最終段を参照。
(22) 最後のリディア王、「富豪」の代名詞となっている。
(23) 有名なユダヤ人の富豪、ラムと同時代にロンドンにいたのは、先代の第三子のネイサン・マイア（一七七四－一八三六）である。

略　譜

一七七五年二月十日　ロンドンのテムズ河畔、テンプルの地域内に生まる。
一七八一年　フェター・レインのウィリアム・バードの家塾に入る。
一七八二年-八九年　クライスト学院に在学。コールリッジ及びリイ・ハントと知る。
一七八九年　南海商会の事務員となる。アン・シモンズと知る。
一七九二年　東インド会社に移る。はじめてシドンズ夫人の演技に接す。
一七九五年　ホーボーンのリトル・クィーン・ストリートに居を移す。ロバート・サウジイと知る。
一七九六年　姉メアリイ発狂して母を刺殺す。
一七九九年　マニングと知る。
一八〇〇年　ペントンヴィルのチャペル・ストリート、更にテンプルへと居を移す、ワーズワース兄妹と会う。
一八〇六年　ラムの家での会合「水曜会」はじまる。常連に、リイ・ハント、ハズリット、ロイド、バーニイ提督、役者チャールズ・ケンブル等がある。
一八〇七年　メアリイとの共著『シェイクスピア物語』を出版。
一八〇九年　チャンサリイ・レイン、つづいてインナー・テンプル・レインへと転居。
一八一七年　コヴェント・ガーデンに移る。
一八一八年　全集出版。
一八二〇年八月　「南海商会」を「ロンドン・マガジィーン」に掲載。

一八三二年　兄ジョン・ラム死す。
一八二三年　『エリア随筆集』出版、イズリントンに転居。エマ・アイソラ、家族の一員に加わる。
一八二五年　年金四五〇ポンドを得て、東インド会社を辞す。
一八二七年　エンフィールドに移る。
一八三三年　エドモントンに移る。『続エリア随筆集』出版、エマ、ロンドンの出版業者モクソンと結婚。
一八三四年十二月二十七日　死去、エドモントンに埋葬。
一八四七年　メアリイ死す。

最後に、『エリア随筆集』の翻訳としては、すでに、平田禿木氏の『エリア随筆集』（国民文庫刊行会）、戸川秋骨氏の『エリア随筆』（岩波文庫）、石田憲次氏の『続エリア随筆集』（新月社）があり、本書の訳者は、これらの書から少なからざる恩恵を蒙ったことを明記して、深き感謝の意を表するものである。

昭和二十七年盛夏

東生田の寓居において

訳者しるす

ラムとのつきあい

庄野潤三

この稿を書くに当って、久しぶりに図書室の本棚から福原麟太郎さんの『チャールズ・ラム伝』(垂水書房)を取り出して持って来た。口絵のラムの肖像画を眺めるためである。

大きな判の本が置かれた机に向ってラムが坐っている。その横顔が描かれている。「読書するラム」というところだろうか。

「やあ、しばらく」

とラムの横顔に向って声をかけたい気がする。ラムは左の手でひらいた本の頁を押えるようにしている。いくつくらいの頃のラムだろう? おそらくエリアの名でロンドン・マガジーンにエッセイを書いていたころのラムだろう。

この『チャールズ・ラム伝』が出て、読売文学賞を受賞されたとき、お祝いの会がひらかれた。また、著者の福原さんをかこんでラジオの座談会がひらかれたのを思い出す。そのラジオの座談会は吉田健一さんの司会で、私もその中に加えて頂いたのは、福原さんのはからいによるものであったのだろう。私は福原さんの随筆を読むのが好きで、私の著書が出る度に福原さんにお贈りしていた。そうして、私が福原さんを好むようになったというのも、チャールズ・ラムにつながるご縁であったと思いたい。

ラジオの座談会が終わったところへ、局の人から「福原先生の芸術院会員がいまきまりました」というられしい知らせがとび込み、出席者のみんなで卓上のウイスキーの壜をまわして、「おめでとうございます」といって乾盃したのを思い出す。

私がはじめてチャールズ・ラムの名前に接したのは、中学五年のときである。英語の副読本にラムの「私の生れた村」という文章が出ていた。これは後年、私が『エリア随筆』の作者を偲ぶためのロンドン十日の旅の記録である『陽気なクラウン・オフィス・ロウ』（文藝春秋・昭和五十九年）を書くためにいろいろ参考になる本を読んだときにはじめて判ったのだが、ラムが少年少女のために書いた物語の一部であった。『エリア随筆』なんかと違って、子供向けのやさしい物語であった。

このとき、中尾次郎吉という先生が、ラムというのはいい人で、『エッセイズ・オブ・エリア』を書いた、英文学の傑作です、今はとても難しいけれど、先でもし興味があれば是非読みなさい、その中でも特に美しいのは、といって、先生はチョークをとって黒板に、

「ドリーム・チルドレン」

と題名を書かれた。

中尾先生は、私がその翌年四月に入学した大阪外国語学校英語部の卒業生であった。

「私の生れた村」は、主人公が自分の生れた村を訪ねて行く話であった。自分が大きくなった家がそのまま空き家になって残っていた。「私」は寝室に入ってみたり、ハープシコードという古い楽器にふれてみたりする。それから村の墓地に行って、墓石に刻まれた文章を読んでみる。そういう話であった。

翌年、外語の一年のとき、私は心斎橋の丸善でエヴリマンズ・ライブラリーの『エッセイズ・オブ・エリア』を見つけて、よろこんで買って帰った。

いちばんに読んでみたのは、中尾先生が黒板に書いた「ドリーム・チルドレン」である。ラムの文章は古典の引用句が多くてなかなか難しいものだと中尾先生が話してくれたが、うれしいことに「ドリーム・チルドレン」は、あまり難儀しないで読むことが出来た。「子供というものは、年長者についてその人たちの子供であったころの話を聞きたがるものである」という書出しが、びくびくものでいた私に思いがけずやさしく見えたときのよろこびを覚えている。

曾祖母のフィールドが、管理人として住んでいた、古い、大きな邸の話が出て来る。子供のころのラムは、よくこの邸へ遊びに行ったのである。

十二シイザアの古い半身像があって、これを何時間もひとりで見ていると、しまいに大理石の頭が生きて来るか、自分が大理石になってしまう。そんなふうになってしまうというようなところを読むと、何ともいえず面白かった。そんなところに惹かれるとは、私も少し変っていたのかも知れない。

また、この少し先に行くと、古い庭園の奥の養魚池が出て来る。「私」は、あっちこっちとびまわるあかはらや、それが無作法にはねまわるのを嘲笑するかのように、水の中くらいの深さのところにじっとしている仏頂面をした川かますを見ている方が面白かったと語る。

私はこの川かますが不機嫌にじっとしているところが好きであった。やはり私は少し変り者であったのかも知れない。

曾祖母のフィールドは、昔は背の高い、すらりとした美しい人で、若いころにはいちばんの踊りの名手とうたわれた話をしたとき、「私」の話を聞いているアリスのかわいい右足は思わず拍子をとり始めた――というようなところがよかった。そうして最後に「私」の思い出話を聞いていたアリスとジョンの二人が、伯父さんの死んだときの話を聞いて泣き出し、伯父さんの話はもうしないでと頼み、死んだ美しいお母さんの話をしてとせがむところから、二人の子供がだんだんうしろに下がってゆき、はるか遠く見えるばかりとなり、「私たちはアリスの子ではありません。あなたの子でもありません。私たちは空なのです」というところまで一気に持ってゆくラムの筆に感動したものであった。

それから子供のころはじめてドルウリイ座へ芝居を見に出かけた思い出を語る「初めての芝居見物」が面白かった。

ラムの名親でホーボーンで油屋をしていた人は、俳優のシェリダンとつきあいがあり、それでドルウリイ・レイン座の招待券が自由に手に入った。そこでラムの親のところへ招待券をときどき送ってくれたのである。

はじめてラムが家族に連れられて芝居を見に行った日の午後は、雨ふりであった、雨が上ればみんなで行くことになっていた。

　子供のラムは胸をドキドキさせながら、部屋の窓から庭の水たまりを眺めていた。この水たまりが静まれば、雨の上る前ぶれだと教えられていたのである。

　雨の上る前に最後の土砂ぶりが来る。それを見届けて、「雨が上るよ」と大声で家の人に知らせにラムはかけて行った——というところがよかった。

　ドルウリイ・レイン座の平土間の席にラム一家は坐った。ラムは緑の幕を眺めて、待ち遠しい思いをじっとこらえた。やがて一回目のベルが鳴る。開幕までもう一回ベルが鳴る筈である。がまん出来なくなったラムは、となりの席のお母さんの膝の上に目をつぶってうつ伏せになった——というところがよかった。

　それから「煙突掃除人の讃」を、私は読んだ。

　——私は煙突掃除人と行き会うのが好きである。

という書出しで始まる。ただし、大人の掃除人ではない。夜明けとともに、ロンドンの街を「スイープ、スイープ」と、朝の雲雀さながらかわいい商売の声をひびかせて行く、あのいたいけな少年掃除人である。

　フリート街の南側に、サループという甘味のある飲物を売る店がある。ササフラスという甘い木が主な成分となった飲料である。これが少年煙突掃除人の好物であったとラムは語る。そこで、もし皆さんがこのサループの店の前でおいしそうな湯気に煤けた顔をつき出している一文なしの煙突掃除人にお会いになったら、どうかなみなみと一杯ご馳走してやって下さいとラムはお願いするのである。

さらにラムは読者に向って、

「バターつきのパンをつけてやって」

とたのむのである。何ともいえない。

最後は「古陶器」にふれておきたい。

夜、お茶をすすりながらエリアは一緒に暮している従姉のブリジェットと骨董もののシナの茶碗を眺めながら話をする。このとき、ブリジェットは、今ほど暮し向きが楽でなかった昔のほうがずっとたのしみがありましたねと話し出す。お芝居を見物に行くにも、今は平土間の最上の席へ入るが、あのころは天井に近い立見席でしたね。でも急な階段をおしあいへしあいして上ってゆき、やっと階段を上り切って、足もとはるか下に劇場全体の明りが見えて、思わず、

「やれ、ありがたや。もう大丈夫」

というときの方がどれだけたのしかったかと、ブリジェットはいうのである。

そこがよかった。私は「古陶器」を読む度に深い感銘を味わったのである。

本書は、チャールズ・ラム著、山内義雄訳『エリア随筆抄』（角川文庫、一九五三年六月三十日刊）を底本とした。

なお本書に収められた、「南海商会」から「豚のロースト談義」までの十篇は『エリア随筆集』から、「H——シャーのブレイクスムア」から「古陶器」までの六篇は『続エリア随筆集』から採られている。（二〇〇二年三月）

本書は、二〇〇二年月三月にシリーズ「大人の本棚」の一冊として小社より刊行された『エリア随筆抄』を、単行本（新装版）として刊行するものです。（二〇二一年四月）

著者略歴

(Charles Lamb)

1775-1834. イギリス・ロンドンのエッセイスト. 筆名エリア Elia. 1782-89, クライスト学院に在学. 1789-1825, 南海商社のちに東インド会社に勤務. '96, 友人コールリッジの *Poems on Various Subjects* にソネット4篇を収める. '98, 彼の詩のなかで最も有名な 'The Old Familiar Faces' を含む詩集 *Blank Verse* を Charles Lloyd と出版. 1807, 姉メアリイと『シェイクスピア物語 *Tales from Shakespeare*』刊行. *London Magazine* 誌のスタッフとして寄せたエッセイを, '23 に『エリア随筆集 (*Essays of*) *Elia*』, '33 には『続エリア随筆集 *The Last Essays of Elia*』として刊行する.

1795年末から翌年初めまで, 失恋の悲しみから入院. '96, 姉メアリイは発作から母親を刺殺. チャールズは, この姉の保護に献身して生涯独身を通し, 姉もまた弟チャールズに報いた.

訳者略歴

山内義雄〈やまうち・よしお〉 1905-1968. 愛媛県生れ. 東京大学文学部英文科卒. 明治大学教授. 訳書 ベネット『文学趣味』, ハーディ『テス』, ホワイト『セルボーンの博物誌』, ラム『ユリシーズの冒険』他.

解説者略歴

(しょうの・じゅんぞう)

大正10年 (1921), 大阪府生れ. 九州大学東洋史学科卒. 昭和30年『プールサイド小景』により芥川賞受賞. 昭和36年『静物』により新潮社文学賞受賞. 昭和40年『夕べの雲』により読売文学賞受賞. 日本芸術院会員. 2009年歿.

チャールズ・ラム
エリア随筆抄
山内義雄訳
庄野潤三解説

2002年3月15日　初　版第1刷発行
2022年4月8日　新装版第1刷発行

発行所　株式会社 みすず書房
〒113-0033 東京都文京区本郷2丁目20-7
電話 03-3814-0131（営業） 03-3815-9181（編集）
www.msz.co.jp

本文印刷所　三陽社
扉・表紙・カバー印刷所　リヒトプランニング
製本所　誠製本

ISBN 978-4-622-09096-0
［エリアずいひつしょう］